U0165558

當代詩學

岩上詩論詩作專輯

（第十二期）

國立臺北教育大學語文與創作學系 主辦

五南圖書出版公司 印行

陳謙 主編

目　次

專題論文：岩上詩論詩
作專輯

岩上詩論研究

丁威仁
國立清華大學華文文學所副教授

摘要

　　在臺灣的前行代詩人中，岩上除了在臺灣新詩發展的歷史脈絡上，有重要地位之外，他其實也把自己定位成一位「詩論家」，所以他透過理論文字的撰寫與詩歌評論，提出自己的詩歌美學與詩學理論，但這一個部分卻是學者較少涉及的研究命題。因而筆者便整理岩上的詩論文字，進行系統化的歸納與分析，探討岩上詩論的特質與內涵，希望能夠把岩上研究中較爲少人關注的範疇，做一個先行的開拓。

　　「詩學＝詩論＋詩作」，因此詩論研究應視爲詩學研究之一環，本文並未列舉岩上詩作互證其詩論，一方面是因爲本文聚焦於「詩論」的分析與系統建構，另一方面，所謂的詩與詩論互證是否有意義與價值，或許也是一個值得商榷的問題。正因如此，本文便將焦點放在對岩上詩論的清楚辨析之上，提供未來研究者進行詩學研究的基礎。

關鍵詞：岩上、詩論、現代詩、本質論、功能論、創作論、批評論

"Research on Poetry in Yen Shang" National Tsing Hua University Institute of Sinophone Studies associate professor

Ting Wei-Jen

Summary

Among the ex-generation poets in Taiwan, apart from playing an important role in the historical context of the development of Taiwan's new poetry, Yen Shang actually positions himself as a "poet theorist." Therefore, through the writing of his theoretical writings and his comments on poetry, Put forward his own poetic aesthetics and poetic theory, but this part is the research topic that scholar asked. Therefore, the author arranges the poetic texts on the Yen Shang to systematically summarize and analyze the characteristics and connotation of the poems on Yen Shang, hoping to make a pioneering work in the field of less people's concern in Yen Shang research.

Therefore, the study of poetic theory should be regarded as a part of poetics research. This article does not list mutual evidence of poetic theory in Yen Shang's poetry. This is because the present paper focuses on the analysis and systematic construction of poetic theory. On the other hand, In terms of the mutual significance of the so-called poetry and poetry, it may be a question worth discussing. For this reason, this article focuses on the clear discrimination of Yen Shang's poetry and provides the basis for future researchers' research on poetics.

Key words:Yen Shang, poetry theory, modern poetry, essence theory, functional theory, creative theory, criticism theory

一、前言

　　岩上（1938～），本名嚴振興，臺灣嘉義人，生於台南永康，1958年因工作遷居南投草屯，迄今近六十年，先後畢業於台中師範、逢甲大學。曾任中小學教師退休。1965年加入「笠詩社」，為笠詩社早期成員之一。1976年創辦《詩脈社》，推動七○年代詩的本土化；1994年之後擔任《笠》詩刊主編八年，一方面強化本土詩學，另一方面提攜後進，容納各種多元的創作型態與藝術技巧，後中生代知名詩人李長青、王宗仁、紀小樣、丁威仁等，都曾於其主編任內先後加入笠詩社，成為當時的同仁。岩上曾任臺灣省兒童文學協會理事長、臺灣現代詩人協會理事、南投縣文化基金會常務董事、中正大學駐校作家、現任臺灣兒童文學學會理事長。

　　岩上獲獎無數，曾獲第一屆吳濁流文學新詩獎、中興文藝獎章、中國語文獎章、中國文藝協會新詩創作獎、第十一屆臺灣榮後詩人獎、南投縣文學貢獻獎。著作除了詩集《激流》、《冬盡》、《台灣瓦》、《愛染篇》、《岩上八行詩》、《更換的年代》、《針孔世界》、《臺灣詩人選集26：岩上集》、《漂流木》，童詩集《忙碌的布袋嘴》、《另一面詩集》、《變體螢火蟲》、散文集《綠意》之外，也是臺灣本土詩人之中的重要詩評家，著有評論集《詩的存在》、《詩的創發》、《詩的特性》等書，林廣的《探測詩與心的距離：品賞岩上的一百首詩》對於岩上的詩作，也有深度的論析，同時南投縣文化局也出版了《岩上作品論述》第一集與第二集，收錄了國內外對於岩上詩的重要相關評論。岩上作品收入國內外重要選集數十種，也代表臺灣詩人出席參加日、韓、印度、蒙古等國國際詩會，及作品譯英、日、韓、蒙、印、德·西等文。《岩上八行詩》中英對照增訂本，已於2012年10月出版。

　　可見在臺灣的前行代詩人中，岩上不僅身為大師級的創作者，更在推動臺灣現代詩發展的歷史脈絡上，有相當重要的地位，然而倘若

我們閱讀岩上的評論集，一定會發現岩上其實也把自己定位成一位具備詩人意識的「詩評家」或「詩論家」，所以他也不遺餘力地透過詩論的撰寫，提出自己的詩歌美學與詩學理論，並藉由分析其他詩人的作品，傳達他對新詩的內省與思考。因而筆者整理岩上的詩論文字，進行系統化的歸納與分析，針對其論詩的觀點，從本質根源論、功能目的論、創作思維方法論、鑑賞批評論以及詩人意識論，五個詩學研究的區塊，探討岩上詩論的特質與內涵，希望能夠把岩上研究中較爲少人關注的範疇，做一個先行的開拓。

其中因爲篇幅限制之故，加上詩論研究應視爲詩學研究之一環，也就是說「詩學＝詩論＋詩作」，因而本文聚焦於「詩論」這個區塊，並未列舉岩上詩作以證其詩論（而互證是否有意義，也是一個值得商榷的問題），反而在於藉由岩上詩論的清楚辨析，作爲岩上詩學研究的基礎。

二、詩歌本質論──語言四性說

笠同仁的語言觀，並不單純是建築在文字的修辭與技巧表現上，而是將文字視爲語言的第二度呈現，反對將語言和文字混爲一談，不加辨析，他們認爲貧弱的詩會出現的原因，在於書寫者依靠修辭的文字而非語言，「以文字思考」而非「以語言思考」。簡單來說，「以文字思考」是一種語言的花招，是透過文字去玩弄語言，把符號當作文字，只有以「以語言思考」才可以眞實地呈現詩人所欲表達的內在思維與詩想。[1]岩上說：

> 詩是由語言組成的，語言不只是傳達的工具，也是詩的

---

[1]　可詳參丁威仁，2008年9月，〈台灣本土詩學的建立（下）：八〇年代《笠》詩論研究〉，《戰後台灣現代詩史論》，臺中：印書小舖，頁143-154。

本身，當詩組成之後，語言已成為詩的形式，也是詩的
內容。[2]

又說：

其實詩的語言本來就是日常的語言嘛！詩的語言無論發
展到什麼程度，實在不能拋棄日常語言的母愛。[3]

他很清楚地將詩定義在「日常的語言」，因此語言本身就變成
詩的形式，然而正因為語言組合成詩，所以同時語言又成為詩的內
容，也就是說詩的本質就是語言，而詩的形式與內容不應該分開，反
而應該將詩的形式等同於詩的內容等同於詩的語言等同於詩，就像以
下的圖式：

日常語言 = 詩的本質 = 詩的語言 = 詩的形式 = 詩的內容 = 詩

而此處要辨析的是到底岩上所言的「語言」、「形式」、「內
容」，三者是否有更細緻的定義？就語言這個概念的分析而言，岩上
提出了幾點詮釋：

詩的語言來自日常的語言，所以語言具有社會性共同的
意識。
詩通過語言的使用在矛盾的空間裡掙扎而妥協完成。
詩是對外在現象適應或改造的一種感情思想的自覺，由

---

[2]　岩上，1997年8月，〈詩的語言與形式〉，《笠》200期，頁112。
[3]　岩上，1996年，〈詩與孩童的語言〉，《詩的存在》，高雄：派色文化出版社，頁20。

語言所組成承載的意境。

語言成為詩創作的過程是一種應用，重新的組合，不是搬運，也不是打碎。

語言重新組合必須維護語言本身的特色及它的種族與社會性傳達功能。

語言隨著社會的演化在改變。[4]

上述引文可以歸結成幾點：

㈠詩的語言是每個詩人日常所使用的語言，因為這樣的語言具備共同的認知意義，所以將其用來書寫，當然也具備高度的辨識與溝通意義。

㈡詩的創作必須出自於外在現象與內在感情的結合，而語言便承載這兩者結合而成的意境。

㈢詩創作並不是去打碎語言，也不是無意義的挪移搬運語言，而是必須在有機的情境下，因著意境去組合應用適當的語言。

㈣因為語言具備日常性，所以語言便產生高度的社會性，因著種族的不同，使用的語言也有所不同。

㈤而語言是進步的，不同時代的語言也會有不同的變化，因此詩創作也應與時俱進。

㈥正因為詩創作屬於個人對於現實思考之後的呈現，而語言則屬於社會公眾共同使用的工具，於是當詩就等於語言的創作時，詩便屬於公眾可以閱讀並感受的文類。

4　同前註，頁112-113。

而岩上除了對於詩的語言做了如上的詮釋外，他進一步對於「內容」與「形式」提出理論的建構，他認爲「詩的形式就在語言的結構上，它的內容也在語言組合的意涵裡」[5]，也就是說，詩的形式其實就是詩人運用語言所完成的詩作結構，而一旦結構完成時，也代表著語言組合的完成，而語言的組合實際上就是內容的完成，而結構與內容完成之時，詩也完成。所以他說：「詩的創作必須駕馭語言與之同生滅；語言的創新就是詩的創新，它是詩欣賞與創作的第一要義。」[6]這種語言、形式、內容的三位一體本質論，深化了「詩是語言的創作」[7]的語言觀。而其對於現代詩語言的要求，除了前述的「日常性」之外，第二個部分就涉及到「詩」與「散文」的分野，其關鍵在於「跳躍性」，他說：

> 詩有別於散文，甚至比散文更高藝，是在於詩的語言有創造的魅力和產生意味延伸效果。[8]

又說：

> 詩主要的是在逃離散文的牽制。詩要屏棄散文式的常態和直接的思考，所以詩的語言是切斷、跳躍的，散文的語言是連接、貫串的；詩令人想像的空間廣闊、韻味長，散文令人想像的空間狹隘、韻味短；詩的語言與語言融合的結構有化學的作用，散文的語言組合結構只是物理作用。化學作用是本質的變化，物理作用本質沒

---

[5]　岩上，1997年8月，〈詩的語言與形式〉，《笠》200期，頁113。

[6]　岩上，2015年，〈論詩的特性〉，《詩的特性》，南投：南投縣政府文化局，頁4。

[7]　岩上，1997年8月，〈詩的語言與形式〉，《笠》200期，頁112。

[8]　岩上，2015年，〈詩意與詩藝〉，《詩的特性》，南投：南投縣政府文化局，頁33。

變。[9]

岩上認為詩語言與散文語言的不同來自於：

(一)詩的語言是跳躍式的，間接性的；散文的語言則是因果且直接的思考。

(二)詩的想像空間較散文廣闊，語言與語言之間，會產生各種微妙的化學變化，並非是如散文一樣的線性公式，而是複合性的創意呈現。

(三)新詩的語言變化往往會改變意象的本質意義，產生多層次的象徵，使讀者出現閱讀上相異的詮釋與解讀，一首詩的閱讀不可只帶來一種結果。但散文卻是直線的思考，讓讀者一望即知。

(四)新詩是點狀思考，新詩的創作與閱讀思維，並非是散文線性或塊狀的呈現，而是點對點的躍進。

(五)「當然過分注重詩意，而致意旨太露，語言直接，也不是好作品。」[10]所以語言一旦直接，只為了表達清楚心中所想，意旨就會過於坦露，這屬於散文的書寫概念，詩必須藉由隱性的意象處理，間接地傳達作者所欲表述的情感，讓讀者產生多義性的詮釋空間。正因為如此，岩上認為第三個重點就是詩語言的「準確性」，他以「劍術」作為譬喻：

詩的語言，其準確性也必須如劍法在處處假設的敵對中進行，雖然表面上看來只不過是單一的指向，實則在語言意指的過程中，已散發了無數的禦敵的力量與期待瞬

---

[9] 岩上，2007年，〈談詩與散文〉，《詩的創發》，南投：南投縣政府文化局，頁25。

[10] 岩上，2015年，〈詩意與詩藝〉，《詩的特性》，南投：南投縣政府文化局，頁40。

間變幻中立即反擊的潛能。[11]

岩上強調詩語言透過「意象」的傳達，表面上是單一的指向，然而卻在象徵的過程中，傳遞了多層次的意義指涉，也就是說，出現了「多義性」，然而這樣的多義性，必須建築在一首完整的詩歌上，而不能只注意在每一個單一句式表現上，假使刻意雕琢語句，而忽略了一首詩的整體性，那麼就會讓一首詩「晦澀難解」，岩上說：

> 所謂語言的經濟、語言的濃縮就是詩的嗎？或者使用平
> 易近人的日常語言也能負荷詩的表現任務嗎？就詩不可
> 分割的立場來看，吾人必須考慮一個獨立的單語的分析
> 是否合理。如果一首詩就是一個有機體，我們所關心是
> 這首詩的每一語句是否成為其建構的必要部分，而不是
> 去計較所使用的是否已詩化了的語言，因為刻意雕琢語
> 句往往使意象分歧，造成隱晦無實的「詩謎」。[12]

「詩謎」的產生，往往是因為詩人太過於雕琢句子，「以文字思考」，使得一首詩變得破碎，換言之就是詩中的「無效意象」太多，每一個意象之間各自孤立，無法產生相關的聯繫，讓讀者在閱讀時變成一種猜謎的活動，會產生這樣的狀況，岩上認為：

> 在後現代主義潮流的影響下，詩的寫作模式如果是語言
> 的碎裂和無體裁的寫作，則詩將再度墜入夢囈的迷霧

11　岩上，1996年，〈詩人與劍客〉，《詩的存在》，高雄：派色文化出版社，頁12。

12　岩上，1996年，〈從語言問題談明台的「緘默」〉，《詩的存在》，高雄：派色文化出版社，頁258。

中，而回歸於無意識本能的活動。詩的寫作將再度像超現實主義的自動語言一樣，拒絕傳達到拒絕接受，而遠離社會。

如果詩人的心靈自我閉鎖，不再使用社會性的語言，則詩不再是語言的再創造，而是語言的毀滅。

詩表達語言的存在，語言表達人的存在。

無語言將無人的存在，無語言將無社會的存在。

我們不希望後現代的詩是新新人類，不穩定、不可靠、不可信賴、反體制、反整體性、反主題、無中心、分裂破碎的行為表徵；更重要的是詩不希望成為語言的分屍、解體、無組織的形態。[13]

我們從上述的引文，可以進行對於岩上論及詩歌語言「準確性」的進一步分析：

㈠造成詩創作產生語言毀滅的原因有二：第一，詩人寫作像是張夢機曾說過的「作者妄想以艱澀的外貌，文飾其內容的凡近淺率，當我們拆碎七寶樓臺，發現它建構的材料，不過是沙粒與黏土的組合。」[14]岩上從現代詩的創作角度，同樣認為「詩的本質原本就是混沌，如以含混雜亂不清的囈語去組成，只是語言垃圾的堆積而已。」[15]所以那些受到去中心、拼貼等後現代主義潮流影響的詩人，其自身內在情意薄弱，卻

13　岩上，2007年，〈詩的語言與形式〉，《詩的創發》，南投：南投縣政府文化局，頁24。

14　張夢機，1977年，〈悟境、詩境、心境與欣賞詩的關聯性〉，《思齋說詩》，臺北：華正書局，頁4。

15　岩上，2007年，〈再談詩的語言〉，《詩的創發》，南投：南投縣政府文化局，頁46。

又刻意以艱澀的形式文飾其非，透過下意識本能的書寫，加上碎裂的語言，去掩蓋詩歌內蘊的貧乏，便可以說是一種語言垃圾的堆積。

㈡第二個原因則是在於這些詩人遠離社會，拒絕接受社會性的語言，不願意透過日常性的語言寫作，這正好反映著他們文字創造力的貧弱，無法將日常性的語言透過多義性的再創造，產生更多新的意指，只能耽溺於分裂無組織的文字破壞中而無法自拔，這是本質的問題，既然作者放棄與外在世界的對話，只願意進入一個夢囈的世界，當然詩作就會反映內在紊亂的狀態，變得無法索解。

㈢因而岩上提出了一個詩語言的簡易思維公式：「人的存在（社會的存在）──語言的存在──詩」，詩的語言不能脫離社會，也就是說不能脫離人的世界，所以詩的語言並不只是作者內在的心靈語言而已，而是將心靈與社會和人對話之後，透過日常語言的再創造，才能達成一種「準確性」，而這樣的詩才不會晦澀難懂，也才能活化詩的語言。

於是岩上對於詩歌本質的定義，便藉由他的語言論清晰的呈現在第四個重點「社會性」的概念上，他認為「探討詩的本質，就是求答詩是什麼？……詩也是如此，詩的本質是在內涵而不在形式。」[16]所謂的內涵並不只是詩人脫離社會之後的自我意識之蔓延，而是在生活時空的現實之中，失去了社會性，人們的精神會逐漸貧乏，詩歌的創作也會更加虛空，所以岩上認為：「真正的文學在於表達當地族群生活現實的狀況、人們的願望和精神思維的內涵。文學走向世界性，必需要有在地性後座的基盤，它就是具有地方性的寫實作品。」[17]於是

---

[16] 岩上，2007年，〈詩的本質〉，《詩的創發》，南投：南投縣政府文化局，頁25。

[17] 岩上，2007年，〈詩與現實生活〉，《詩的創發》，南投：南投縣政府文化局，頁59。

他提出了一個自問自答，卻深刻地將詩歌本質上升到了語言的哲學層次：

> 那麼詩到底存在於何處？依詩的存在世界與詩質存在的層次，答案是：
>
> A 詩存在於宇宙物象的現實中
>
> B 詩存在於人類心靈及其想像中
>
> C 詩存在於人類心靈與對萬物萬象觀照融合的感悟中[18]

的確，對岩上而言詩一定由語言構成，詩的本質就是語言，寫作者必須「以語言思考」，同時必須在「語言」、「形式」與「內容」的三位一體基礎上，進一步思維語言的「日常性」、「跳躍性」、「準確性」與「社會性」。但是更重要的是從本質回歸到詩歌創作的根源價值，畢竟「萬物第一次被命名是詩的，因為和語言產生了關係，但命名的語言才是詩的本質，而不是『關係』；只有語言才能使關係凝定，語言的原始發明才是詩的本質。」[19]也只有透過價值歸趨，才能讓詩人存在生命與宇宙現實的對應，進入一個人與萬物相互感發的創作心靈之中，這樣的語言論，才能著實，才有一種進入現實卻又可以超乎現實的想像空間，也就不會變成一種封閉系統之中的自我夢囈。

三、「現實距離說」的詩歌功能論

既然岩上的詩歌本質論，以語言為出發點，價值根源的歸趨為社

---

[18] 岩上，1996年，〈論詩的存在〉，《詩的存在》，高雄：派色文化出版社，頁32-35。

[19] 岩上，2007年，〈詩是語言的創發〉，《詩的創發》，南投：南投縣政府文化局，頁49-50。

會、宇宙與人生，所以他在對於新詩功能的論述上，也一以貫之的扣緊了這個重要的層面，加以推展，他說：

> 詩的藝術應有誘導人生走向理想，昇華情操的作用，亦即其對峙現實的理想心境是詩人追尋的國度，唯有那淒美的非現實的世界才能提昇我們的想像，洞開我們的心竅，觸發我們的理想而導向美的境界；而也只有現實才是最可靠的存在，讓我們看得到，觸得到，是故偏向一方都是詩的不幸。[20]

又說：

> 詩是一種藝術，藝術則不僅僅是現實的反映，詩與現實是有距離的。詩必需把現實的事物加以塑造、提煉、轉換，給予技巧的處理，更寬廣的想像思維的飛躍，才能給人有美的影像和感受。心理距離提昇了美感的意象，意象中的現實是詩的現實性。[21]

從上述兩則引文可以發現岩上功能論的幾個側重點：

㈠岩上並不會因為強調社會功能，而去除詩歌的藝術性，只不過在談本質的時候偏向於「怎麼寫」的藝術問題，在功能論的時候則進入「寫什麼」的深入分析，他認為詩的藝術性分成現實與想像兩個相互關聯，二而為一的區塊，從分開的角

---

[20] 岩上，1996年，〈論詩的存在〉，《詩的存在》，高雄：派色文化出版社，頁36。
[21] 岩上，2007年，〈詩的現實性〉，《詩的創發》，南投：南投縣政府文化局，頁40。

度而言，詩歌創作的現實功能在於「寫什麼」的追尋，然而「怎麼寫」則是必須在對峙現實之後，產生非現實的藝術想像，當然兩者之間必須將現實社會作爲底座與基礎，想像才有落實而不架空的可能性。

㈡進一步而言，既然詩是藝術，就必須認同詩不可能等於現實，詩不會只是再現現實，詩必須透過藝術的加工，將詩人心靈所見的客觀事物，進行藝術性的處理與提煉，才能產生共感的創作功能，如果只是像素描一般的再現，就無法提煉出深度的心靈影像與感動。

㈢所以岩上將現實生活經驗作爲文學最重要的功能取向，他說「我用詩指向自己；也用詩指向社會。」[22]這樣的想法便積極地將詩歌創作不僅限於自我情緒的抒發，更重要的是，詩歌便能介入社會，進而作爲改變社會的文學力量，而詩人本身也藉此完成一種對於社會的功能與責任，可以說是屬於詩人的一種「社會運動」，詩歌便是對峙社會、批判社會的匕首或武器。

既然這樣的現實性並非透過一種再現的形式，而是詩人以自己的心靈之眼經過轉化而得，那麼岩上是如何進一步論及這樣的轉化呢？他說：

> 現實性只是現實的抽離，而不是現實的拋棄，所以距離不能遙不及，否則模糊沒有交集，完全隔開，美則美矣卻不真實，缺乏真實感。[23]

又說：

22　岩上，2015年，〈我的詩觀我的詩〉，《詩的特性》，南投：南投縣政府文化局，頁386。
23　岩上，2007年，〈詩的現實性〉，《詩的創發》，南投：南投縣政府文化局，頁41。

> 日常的現實生活雖然不等於詩，但是詩卻隱藏於現實生
> 活中，詩可從生活中的現實去挖掘、提鍊。
> 把現實的現象直接鋪陳，詩的種子必死於現實的盆景
> 裡。
> 詩根植於現實，但必須從現實中超越。
> 詩也是想像，詩是經過思考轉位變異的產物。[24]

岩上雖然認為詩的素材需從現實中來，但卻很清楚地區隔了詩與現實生活的不同，就像前述所言，詩不是現實的複製品，而是在現實基礎上，進一步超越現實，這樣才能突顯詩歌的社會功用，那要如何超越、轉位、變異，他在詩歌功能論中，從「心理距離」的角度，提出了「現實距離說」，一方面認為「就詩文學的流向來說，只有走向現實主義表現自己現實生活經驗的作品，才能突顯自我的存在，和自我的詩文學特色。」[25]另一方面則認為詩人以內在的意識與精神世界透過與客觀物象的接觸，達成現實經驗的再生，便會產生物象轉化的過程，這其中會對現實經驗產生想像，而變形出想像的現實經驗，詩人在其中便由於自身無意識或者潛意識的作用，賦予現實「再創造」的效果，達成了物象往意象的轉化。

　　我們或許能夠稱之為是一種「有距離的美感經驗」，正因為產生一種詩人可以進行重塑再造的精神距離，所以反而使得詩歌更能彰顯詩人自身的內在意識，又能保有一定的現實經驗。就像李魁賢在〈詩的想像〉曾說過的一段話：

---

[24] 岩上，1996年，〈詩的來龍去脈〉，《詩的存在》，高雄：派色文化出版社，頁64。

[25] 岩上，2007年，〈詩與現實生活〉，《詩的創發》，南投：南投縣政府文化局，頁57。

想像是從物象到意象的造化過程，物象之轉化為意象是詩人的意向表現，所以物象是透過詩人的意識產生意義，藉由意含的經驗，以意象呈現想像的魅力。……人的意識以現實經驗為基礎，故表達詩人意識的想像，同樣必定由現實經驗出發。可是，由於想像的飛躍性，往往會超越現實經驗，而開拓、發展、展現想像的經驗。所以從經驗想像到想像經驗，其實是一脈相承。……然而，想像終必構成一種想像經驗，這往往是潛意識或無意識在操縱，甚至於有社會集體意識作整體性支撐。[26]

意象並非是一種躲在精神世界，不與外物接觸的幻想，詩歌的功能應該在於詩人以現實經驗作為創作的素材，透過「現實距離」的「想像」與「再造」，避免詩作只是一種「經驗的複製與再現」，也因為有社會的集體意識作為創作的基底，就有可能產生介入社會、改良社會、批判社會的詩歌功能，岩上說：「詩的表現方法儘管有千萬種，即使憑空想像，天馬行空也不能完全拋棄現實性。」[27]在現實經驗的基礎上，才能進一步做藝術技巧的處理，因而岩上提出「詩的現實性就是具象化、人間化、擬人化。」[28]三個觀點，便是詩人以文學介入社會的行動方針。所以岩上對於新詩創作的功能論從「讀者感發」與「生活歸趨」兩個角度提出兩個總結性的看法：

> 檢讀詩作，發現愈切入社會生活現實關懷的，表現愈清

---

[26] 彭瑞金主編，2002年，《李魁賢文集》第捌冊，文集十七《詩的奧祕》，行政院文化建設委員會出版，頁243-244。

[27] 岩上，2007年，〈詩的現實切入與疏離〉，《詩的創發》，南投：南投縣政府文化局，頁245。

[28] 岩上，2007年，〈詩的現實性〉，《詩的創發》，南投：南投縣政府文化局，頁42。

> 晰可感；愈疏離現實的作品，表現則愈支離破碎，詩感
> 艱澀如同嚼蠟。[29]

> 詩的語言如果來自於日常生活，詩的思考必然切入現實
> 生活，詩的歸宿點也會落實於生活。[30]

岩上的詩學功能論具有高度的現實性與社會意識，也因為如此，便可
以透過詩作喚醒讀者內在共通的生命與社會經驗，並且在詩人的創作
中得到「興」、「觀」、「群」、「怨」的力量，一旦現實價值變成
功能論的基礎考量，「寫什麼」的問題，也就是選擇素材的方式，就
必須讓自身跟客體產生一種「有距離的現實觀照」，再透過藝術技
巧，深化詩人眼中所見與心中所感，如此一來，詩人便能以「心靈之
眼」穿透人性與歷史，詩歌的歸宿必然回到民眾與生活當中，就不會
成為那些蜷縮在心靈角落，疏離現實，自我夢囈的破碎詩篇。按岩上
與笠詩人的觀點，作為一個詩人必須透過「個人性→社會性→現實性
→藝術性→產出文本」的思維過程，方能創作具備詩歌社會功能的優
秀作品。

四、「三階段說」的創作方法論

岩上對於新詩創作的過程，「簡單的說，就是從構思到表
現。」[31]他說「一首詩在正常的狀況下，應該是一個結構完整的有機

29　岩上，2007年，〈詩的現實切入與疏離〉，《詩的創發》，南投：南投縣政府文化局，頁
251。

30　岩上，2015年，〈詩與現實生活〉，《詩的特性》，南投：南投縣政府文化局，頁51-52。

31　岩上，1996年，〈詩的創作與技巧經營〉，《詩的存在》，高雄：派色文化出版社，頁131-
132。

體。」[32]因此，一首完美的詩應該是全面性的有機結構體，而不是把句子當作拆碎的零件，完全不顧及整體性的書寫脈絡，他提到：

> 一首詩要達到完整的結構體必須它也是個有機體，牽一髮而動全身，才不致鬆散。一首完美的詩不能只顧創造一兩個佳句，其他部分鬆解無力。[33]

每一個句子之間都必須存在著詩人所賦予的相關聯繫，所以構思的過程便是創作者最開始必須學習的「第一階段」：

> 詩由直覺獲得，直覺須從觀察入手，化腐朽為神奇，往往不是巧妙的手法而是發現。具慧眼的觀察，才能有新的發現。發現不能避免偶然，但多的是探索性的發現；觀察而發現，直覺而會意，詩就是會意。詩也是由體悟而來，體悟則由經驗獲得。體悟是詩人生命感受的轉換，是歷練萃取的晶體。它在時代的風潮裡；也在個人生活的經驗中。[34]

又說：

> 詩思的構想不論來自外來刺激的靈感或發自心中引發的衝動，開始只是模糊的意念而已，然後去尋找一個焦點

---

[32] 岩上，2015年，〈亂中的秩序——析論向陽詩集《亂》〉，《詩的特性》，南投：南投縣政府文化局，頁150。

[33] 岩上，2007年，〈再談詩的語言〉，《詩的創發》，南投：南投縣政府文化局，頁45-46。

[34] 岩上，2007年，〈直覺‧體悟與詩〉，《詩的創發》，南投：南投縣政府文化局，頁63。

或是一個要表現的主旨，由點連成線，由線構成面，由
面組合成一個立體。開始也許只是一個概念而已，必須
由這個概念去找尋有關的素材，作為構思的內容。內容
的選擇也許是過去生活的經驗；也許是目前外界的現
象；也許是想像；或是從有關的資料去尋覓，總之內容
必須加以過濾和選擇。[35]

從上述引文可以進行以下幾點的分析：

　㈠岩上認為構思的起點在於直覺，然而直覺並不純粹是靈感，
　　我們也沒有辦法完全依賴靈感進行創作，所以創作者必須先
　　從「觀察」去培養訓練「直覺」的能力，而透過具備創意性
　　角度的觀察，便能夠產生探索性的發現，發現外在世界、宇
　　宙、社會的各種經驗、形象，就能夠會意，甚至於體悟一種
　　微妙的情意，筆者先以下圖表示直覺的過程：

慧眼的觀察 —— 探索的發現 —— 經驗的累積 —— 體悟的會意（直覺過程）

所以「體悟」便是直覺，便是會意，這個培養的歷程，並不是與外物
隔離而能達成，反而要累積生命與生活的經驗，透過各種與外在世界
的接觸和互動，「取物廣才」，才能逐步建構完成，這實際上與前述
他所提到的本質與功能論述都有一貫性，也就是詩人不能成為一個與
世隔絕的封閉系統，既然社會與世界是有機的整體，詩人更應該讓自
己抽離純粹的精神夢囈，不要把自己割裂成破碎的後現代生命體，而
是在時間與空間的流動中，把握以現實經驗為基礎的直覺力量，才能

---

[35] 岩上，1996年，〈詩的創作與技巧經營〉，《詩的存在》，高雄：派色文化出版社，頁131-
132。

完成優秀的詩篇。

　　㈡所謂的靈感，岩上認為有兩種類型：「外向刺激」與「內在
　　衝動」，就他的概念而言，無論是哪一種類型，其實都只是
　　一個觸發創作的點，一開始只是一種模糊的意念，實際上是
　　不能過度的依賴，反而應該透過這個觸發，去搜尋相關的知
　　識作為創作的素材，無論是透過「直接經驗」或是「間接經
　　驗」，都能夠輔助創作靈感所生成意念的擴大化與結構化，
　　他說：

　　詩的創作思維大致循著兩條不同方向觸發：一是居於心
　　靈的需要，一種自發性的表達，從心志向外尋覓表現的
　　洞口；另一個是由於外界事物的刺激引發創作衝動。一
　　由內而外；一由外而內。雖是相反地方向，在創作時由
　　於經驗的累積儲存，兩種思維反應必然會有交錯而形成
　　難以分辨的狀態。[36]

又說：

　　詩作不管以什麼手法表現什麼內容，無不以其外延力與
　　內含力來震撼或接納讀者的心靈。外延力如移山倒海之
　　勢衝擊著心胸，固然很好，僅微細如針者，刺穿肝腸，
　　亦屬不錯；內含力如富麗堂皇的宮殿，引人入勝，使人
　　眼花撩亂，當然可佳，僅如荒涼的沙漠，令人做淒苦的

---

[36]　岩上，2015年，〈喬林與他的詩〉，《詩的特性》，南投：南投縣政府文化局，頁122。

　　跋涉亦為上品。[37]

並且也提及：

　　詩思的過程通常採取兩種極端不同的方式：一種是心中
　　有意再尋找外在事象來託寄呈現；另一種是觸景物而生
　　意。不管詩思的方向如何，詩思的流動交感則呈現了心
　　物交融，而表現了詩意。[38]

筆者先以一個圖表整理上述的概念，再進行分析：

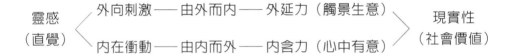

這兩種方向也就是上述兩種靈感或直覺的類型，「外向刺激」是
「由外而內」的，產生的是一種「外延的力量」，是一種透過物色現
象的「觸景生意」，往往能夠藉著對於社會的共同經驗喚起讀者衝
擊性的批判與感動；而「內在衝動」則是透過瞬間在精神上觸發的
「情緒力量」，先是「心中有意」，再「由內而外」找尋一種心靈的
突破出口，與物色結合。然而這都不是一種架空的精神狀態，而是必
須透過長期才識經驗的累積，才能夠噴薄而出，這也就是岩上不斷論
及得「現實性」的生活經驗，必須成為創作者最基礎的立基之處。
　　而岩上對於「第二階段」的描述，便回到實際的創作方法上的精
細討論，倘若能夠建構第一階段的創作思維論，將現實經驗作為創作

---

[37]　岩上，1996年，〈從詩的彈性談拾虹的傑作〉，《詩的存在》，高雄：派色文化出版社，頁
　　　270-271。

[38]　岩上，2007年，〈詩的意象〉，《詩的創發》，南投：南投縣政府文化局，頁28。

的基礎，接下來就可以進行藝術技巧層面的討論，岩上在此處延續前述的詩歌語言本質論，從創作論的角度，提出語言與意象的關係，以及一些基礎的創作方法。首先他認為詩歌的語言是表現詩人所欲選取的意象，所以日常性的語言除了本身的意義之外，要變成有創造性的意象，就必須使所運用的語言產生另外「五種特性」，分別是：形相性、節奏性、創造性、虛構性與美感性。[39]，這五個特性同時要具備「三個要素」：有美感、有驚奇感、有意象。[40]與新鮮、準確、精密、簡潔、錘鍊、生動、活潑、優美、感度[41]等「九大原則」。然而，岩上雖然認為藝術性的創新非常重要，但是他卻認為所謂的創新，必須有一個程度的限制，否則就會成為無法理解且支離破碎的作品，他說：

> 詩的語言常在：比喻、聯想、象徵以及矛盾語法，反語、反諷、歧義、假借等等之間創造新意，但語言無論如何創新，必須顧到「人人有同感」的心理，所謂「口之於味，有同嗜焉」，過去一些現代詩，為了語言的創新，故意打破語法與習慣的詞語，標新立異，莫名其妙，令人產生對現代詩的反感，實在沒有必要。總之，語言的創新，必須考慮一般習慣的可適性，否則就失去其創意的真義。[42]

又說：

---

[39] 岩上，1996年，〈詩與語言〉，《詩的存在》，高雄：派色文化出版社，頁24。

[40] 岩上，1996年，〈詩的創作與技巧經營〉，《詩的存在》，高雄：派色文化出版社，頁120。

[41] 岩上，2007年，〈再談詩的語言〉，《詩的創發》，南投：南投縣政府文化局，頁44。

[42] 岩上，1996年，〈詩與語言〉，《詩的存在》，高雄：派色文化出版社，頁28。

> 房屋要有實虛，詩也要有虛實。實體的物質語言和精神
> 空間的內容、意題、缺一面不可。房屋要能讓人進出；
> 詩也必需令人進出，才能讀懂，體會詩的內容和詩味。[43]

以下便逐步分析岩上所提出的「創意」之判準：

㈠共感原則：創意必須讓多數讀者能夠得到基本的共同感發，
　否則就只是晦澀的無效語言或無效意象。

㈡可適性：語言表達在於準確度，而不在於刻意標新立異，打
　破原有的慣性，所以創意的呈現必須考慮一般讀者習慣的可
　適幅度，倘若只是為了創造新的詞語或者意象的結構，而刻
　意將慣性的語法或概念拆成難解的拼圖，那只會帶來閱讀的
　障礙。

㈢虛實交錯：不可一味追求創意而製造虛幻的概念性語言，造
　成一種精神上的喃喃自語，實體語言就是房屋可見的結構，
　精神內容則是房屋裡給予的情感安頓，兩者之間必須交替進
　行，才能讓讀者有進出之感，避免創意帶來的晦澀。

而一首詩不可能只有一種意象，往往是多重意象的組合，這樣的組合
過程，「在意象的經營中，語言的傳達、結構的有機體、主題的呈
露或隱喻，都是詩思考量的範圍。」[44]也就是說，如何把詩人所見之
形相，與內在之意，具體的呈現在讀者的眼前，「使抽象的感情或

43　岩上，2007年，〈淺論詩的思考與精神生活〉，《詩的創發》，南投：南投縣政府文化局，
　　頁54。

44　岩上，2007年，〈直覺‧體悟與詩〉，《詩的創發》，南投：南投縣政府文化局，頁64。

思想能具體的呈現，是意象給詩創作最大的功能。」[45]所以詩人必須
將所見之現實世界與客觀物色，與自身的主體情感合而爲一，「創作
的意識行爲不是就外在世界的物象僅僅描述那個外象，詩人必需產生
移情的作用，才能對標的物產生共鳴的詩意。」[46]按此，岩上與白萩
相同，所關心的並不只是新詩的音樂性，在創作方法論的「第三階
段」更進一步強調新詩的「繪畫性」：

> 所謂詩的繪畫性，我認為乃指應用了繪畫的原理，其詩
> 的表現技巧具有圖畫意境的性質而言。特別要強調的是
> 「應用了繪畫的原理」，亦即詩的繪畫性應以繪畫原理
> 可解說者，始可稱是，否則不能謂之真正的繪畫性。[47]

首先岩上定義了「詩的繪畫性」，他認爲創作時候採用了繪畫的
「原理」，代表著在詩境的塑造上，給予讀者在閱讀作品之時，出現
強烈的畫面構圖，與圖像性質，而這樣的想像空間，是可以透過繪畫
原理進行分析與考察，但同樣情調詩歌繪畫性的白萩，爲了讓詩脫
離歌而獨立，更強調繪畫在詩中的表現優位性，認為「繪畫性之值
得提倡是基於人類視覺的世界遠比聽覺爲大。」[48]，「繪畫性」最能
通往詩的「純粹性」，更能夠「直觀」並「簡練」地傳達詩的「意
義」，真正可以讓詩走向純粹與藝術價值的，反而是能直觀呈現形
象，簡練表達詩人情感的「繪畫性」。這樣的觀點與岩上有一些相異
之處，岩上認爲繪畫性在詩境的表現上，仍是有其限制性，並無法將

---

[45] 岩上，2007年，〈詩的意象〉，《詩的創發》，南投：南投縣政府文化局，頁31。

[46] 岩上，2007年，〈詩與雕塑的共鳴〉，《詩的創發》，南投：南投縣政府文化局，頁80。

[47] 岩上，1996年，〈論詩的繪畫性〉，《詩的存在》，高雄：派色文化出版社，頁94。

[48] 白萩，2005年2月，〈由詩的繪畫性談起〉，《現代詩散論》，臺北：三民書局，二版一
刷），頁3。

它視為詩歌創作的絕對優位，岩上說：

> 然而畫境如能真正取其技巧而入詩，必得神合，返虛入
> 渾，給詩的造境帶來更清澈的層次旨趣，但繪畫性的應
> 用，也有它表現的邊際：
> 一、繪畫性在詩境中只能獲得空間的靜態效果，無法表
> 　　現時間延續的效果。
> 二、繪畫性只是詩中的局部，不能取代詩境的全部。
> 　　（這和白萩所說的「附從」性不同，因為局部性是
> 　　組合的關係；附從性是主從的關係，組合無輕重；
> 　　而主從有輕重。）前列所舉的詩，都是有句無篇，
> 　　就是明證。
> 三、繪畫性的應用只限於寫自然景物，對於非具象的哲
> 　　理、敘事之類的詩無能為力。[49]

從上所述，岩上對繪畫性的限制，提出了三個概念：

㈠缺少時間效果（空間性）
㈡缺少全局的考量（局部性）
㈢題材限制性（自然景物詩）

就第一點而言，岩上認為繪畫無法處理時間的流動意識，只能處理靜
態的空間展示，而非動態的時間延續，然而就中國古代文人畫的表
現而言，往往在水墨點染的留白和餘韻當中，延宕並建構了觀者的時
間思維，這其實與新詩所欲帶來的詩境有不謀而合之處，就像岩上所

---

49 岩上，1996年，〈論詩的繪畫性〉，《詩的存在》，高雄：派色文化出版社，頁117。

言「雖然詩味常在語言之外，但如果沒有語言則「之外」的餘韻、意味無從延伸。」[50]所以就第一個概念而言，其實仍有可以進行商榷之處。

第二點則提到了局部與全局的觀念，的確對於岩上而言，繪畫性並不能成為一首詩的全局考量，畢竟一首詩的造境，還有前述所言的各個方面，繪畫性往往只能透過一些句子，達成畫面的剪接組合，是一個局部的觀照，如果詩是一種從構思、謀篇到完成的整體，無法割裂單句與單句之間的關係，當然繪畫性只能跟音樂性一樣，沒有任何的優位性，都必須融合在一首有機的完整結構中，進行整體的處理。

至於第三點，岩上認為繪畫性的使用只能書寫偏於自然景物的詩作，對於敘事與哲學為本體的詩作，無法處理。然而在許多古詩當中，具備道家哲學意識的玄言詩、遊仙詩，往往會藉由山水自然的繪畫性造語，透過一些句子，隱喻對於有無的思考，而更多的自然景物詩，並非純粹以繪畫技巧書寫景色，反而在其中以景喻情，藉由景物呈現哲思；至於敘事詩的系統，對於社會亂象與災難的精細描述，往往也要透過寫實性繪畫書寫技巧，傳達百姓生活背景的滄桑與悲愴，因此繪畫性應該也不應限制在自然景物的主題中，其實在任何詩歌的主題下，都應該可以變成一個相當有價值的創作方法。

最後，岩上在創作方法論上，其實與多數詩人強調「意象」也有一些差異，岩上繼承了語言本質論與現實根源論的思考，認為意象雖然重要，但並非是唯一的創作要求，他說「意象雖然重要，可突顯詩的凝鍊和晶瑩使詩藝更為出色，但意象不可能解決詩的全部技法包括形式和內容，因為意象並不等於詩。意象派如太執著於理論的要求，基本上將缺乏社會現實性的豐富內容。」[51]也就是說詩的創作整

50　岩上，2007年，〈再談詩的語言〉，《詩的創發》，南投：南投縣政府文化局，頁44。
51　岩上，2015年，〈意象的極限〉，《詩的特性》，南投：南投縣政府文化局，頁46。

體，意象只是其中需要注意的一環，而非絕對優位的考量，詩的全部
技法，也不能一概而論於必須服膺於意象的處理，就像意象派的詩
作，往往為了追求意象句的雕琢，而進入了一個脫離現實意識的狀
態，產生了許多題材窄縮，喃喃自語且難解晦澀的詩作，所以岩上的
創作方法論中，討論「意象」的部分反而沒有討論「語言本質」，以
及「現實意識」來得多，這也是其創作方法論與其詩學，和其他詩人
較為不同之處。

五、「雙向立場說」的詩歌鑑賞論

　　在笠詩社的詩人當中，岩上對於「新詩批評與鑑賞」這一個部
分，除了撰寫許多對於當代詩人詩作的評論文字之外，更難得的部分
便是直接提出對於「詩評家」的要求與判準，認為必須要符合某些條
件，才能成為一位優秀的詩歌鑑賞者，他首先回到作者與讀者的雙向
關係進行討論，他說：

> 詩如果要展示在讀者的面前，就得接受讀者的裁斷，是
> 故不能適當以語言文字表現而讀不懂的詩，詩是不存在
> 的這一課題只是對讀者而言，詩的本體是否真的存在另
> 當別論，但無論如何詩是不能完全摒棄讀者的。[52]

他認為只要不是封閉型的寫作，詩作一旦被展示在讀者面前，就必須
面對讀者的鑑賞與批評，按此觀念與前述所言，詩人的作品最基本
的要件就是必須以「可適性」的文字與讀者產生溝通，進一步才能產
生閱讀的共鳴。也就是說，作為一位詩人，在創作時仍必須存在著
「讀者視野」的思考，這個思考空間主要在於要運用讀者能夠理解

---

[52] 岩上，1996年，〈論詩的存在〉，《詩的存在》，高雄：派色文化出版社，頁41。

的語言文字，至於表現什麼樣的主題內容，則是另外一個層次的問題，但至少詩人不能躲在自己的精神世界中，與讀者隔離。岩上提出這樣的觀點，其實就是直接肯定讀者的重要性，強調詩評家的存在價值與意義，他認為「通過他人語言所呈現的思考符號與詩的圖像，來了解探索他人詩作和析釋、批評，則是詩評家的工作。」[53]正因為詩是隱喻的，一般讀者可能只能讀出語言文字的表象意義，而詩評家的工作就在於挖掘出詩作中深度的多義性，岩上便提出了對於「詩評家」的幾個判準與要求：

> 對於想從詩作品的鑑賞中確定自己是對詩有鑑別能力的人，我們企望他不能僅僅只限於具有斷定是詩非詩這一點能力而已，而是要把他的眼力透過詩的實存世界，達到詩被創造伊始的根源，探求此詩從哪裡來；到何處去，這才是真正詩的探險。[54]

> 不少詩評家的詮釋者，對詩的析論，僅止於詩意的說明和釋評，往往忽略詩美感表現的藝術功能。[55]

> 詩之好壞，無關涉及政治，但文學如具現實性原本就無法排除政治的汁渣。就詩論詩，宜等量評定詩意與詩藝表現的高低，不能完由意識型態的好惡而無視兩者兼顧優異詩作的存在，何況台灣已是多元化的社會，學術評

53　岩上，2007年，〈直覺・體悟與詩〉，《詩的創發》，南投：南投縣政府文化局，頁64。

54　岩上，2007年，〈詩的河流〉，《詩的創發》，南投：南投縣政府文化局，頁17。

55　岩上，2007年，〈江自得的詩藝表現技巧〉，《詩的創發》，南投：南投縣政府文化局，頁314。

　　論界不能停留在兩頭冷戰的壕溝裡，這是台灣詩評論界應有的責任與工作。[56]

就上述三段引文，岩上對於詩評家的期許，筆者分成幾項進行分析：

(一)身為詩歌鑑賞者，往往像是岩上所言「很多人讀詩，不是讀詩裡的詩，而是讀詩裡的意；更多人評論詩也不是評論詩裡的詩，而是評論詩裡的意。」[57]，但畢竟「詩與意是分不開的，但妙的是很多人只寫出詩的意，而意中無詩；或因詩是隱喻的言外之意，意不在此，所以只讀到意，無法讀到詩的境地，主要原因是詩是隱喻的。」[58]正因為如此，「詩評家」倘若只汲汲營營地索求詩中之意，而忽略了造就此詩意的藝術特質，往往就無法準確地把握一首詩的隱喻與象徵，所以「詩評家」不能只把眼光與論述放在「內容情意」等問題，而必須進行對於「藝術形式」層面的分析，將兩者的關係進行一而二，二而一的交錯討論，才能呈現一首詩完整的藝術美感。

(二)雖然身為「詩評家」的基本要件就是分辨一個作品「是否為詩」，然而卻不能停在這樣的基礎判準當中，而必須回歸到作品本身的價值根源，探求一首詩的起始與影響兩大層面，從根源處把握作者創作的情意生命，從影響處展開對於作者

56　岩上，2015年，〈詩意與詩藝〉，《詩的特性》，南投：南投縣政府文化局，頁43。

57　岩上，2015年，〈淡素中和詩思真──序賴欣《第一首詩》詩集〉，《詩的特性》，南投：南投縣政府文化局，頁271。

58　岩上，2015年，〈淡素中和詩思真──序賴欣《第一首詩》詩集〉，《詩的特性》，南投：南投縣政府文化局，頁271。

書寫發展的定位與論述，最後能夠替這一首詩找到一個屬於它的閱讀位置，這是詩評家應該要有的自我期許。

㈢岩上對於詩評家的定位，於臺灣現實詩與本土詩的場域當中，可以說是相當具有特色的，他一方面與其他笠詩社同仁一樣，強調文學的現實性與社會價值，另一方面則盼望「詩評家」必須從「詩意（情感意念）」與「詩藝（藝術技巧）」兩個角度進行對詩歌的論述與鑑賞，絕對不能受到主體「意識型態」的影響，換言之他反對各種「理念先行」的詩歌批評，因為這樣會讓一首詩受到批評家極度主觀的情緒影響，尤其在臺灣多元族群的生活環境下，更不應讓政治思維與立場介入詩歌批評當中，更應該讓文學回到自身獨立的場域，學術評論必須採取「去意識形態化」的分析方式，而不是動輒便扣上「立場」的帽子，岩上這樣的批評鑑賞論點，在笠詩社的同輩詩人中，的確是相當特殊的。

當然，上述的看法是岩上針對詩評家的期待，但岩上自身除了是詩人以外，他也撰寫過相當多的詩評，分別散見於《詩的創發》、《詩的存在》與《詩的特性》三本評論集中，尤其是針對詩人詩作的評論，可以說是笠詩人當中特別著力書寫的重要評論家，請詳參附錄一的表格，在表格中可以看到岩上在三本著作中，寫了三十八篇論述進行對於詩人詩作的分析，其中較集中的論述，寫了錦連三篇評論，分別是〈錦連詩中的生命脈象訊息和意義 —— 以創作前期為探討範圍〉、〈錦連和他的詩〉、〈錦連詩創作前後期的比較〉；寫了賴欣兩篇評析、一篇序文：〈詩的邊緣〉、〈從主體意識看賴欣詩中的意旨〉、〈淡素中和詩思真 —— 序賴欣《第一首詩》詩集〉寫林亨泰一篇單篇評論，一篇評析〈獨特知性與明澈哲思 —— 述論林亨泰的詩與詩論的一致性〉、〈釋析林亨泰「宮廷政治」一詩〉；江自得一篇單篇評論，一篇評析：〈江自得的詩藝表現技巧〉、〈由形入內，情韻綿密 —— 讀江自得詩集《江自得》〉；與黃勁連一篇評析，一篇序文

〈評黃勁連詩集「蓮花落」〉、〈鹽的和聲 ── 黃勁連詩集「蟑螂的哲學」序〉，其中雖然大多數以笠詩人為主，但也涉及到創世紀詩人如張默、藍星詩人如覃子豪等人的作品，可以說是充分地以詩人的角度建構了詩評家的身分，他對於這種雙重身分，其實有更多的自我要求，他說：

> 如果詩人也兼批評，則其對詩的批評標準往往依據其原已存在於心中的詩的模式；如果批評家是專職的，往往也是秉持其自我確認的理論作為批評的根據；如果批評者是讀者雖然他的批評不一定述之以文字而言之堂皇，但其愛惡也是一種批評，那他的批評通常只是無緣由的愛惡而已。吾人認為不同方位的批評均有價值，但必須真正了解詩，亦即批評者必須洞悉詩的存在。[59]

又說：

> 讀詩時，我採取兩個方向進入：一是詩解說了什麼？二是我能為詩解說什麼？第一點是站在作者的立場；第二點是站在讀者的立場。
> 作者全部在語句中解說盡了和什麼也沒有解說，我認為都不是好的詩；我能為一首詩的內涵全解說呈露了和我根本無法解說它，也不是好詩。這中間的藩籬和門鎖，當然是在語言的表現上。[60]

---

[59] 岩上，1996年，〈論詩的存在〉，《詩的存在》，高雄：派色文化出版社，頁43。
[60] 岩上，2007年，〈詩的可解與不可解〉，《詩的創發》，南投：南投縣政府文化局，頁213。

他認爲：第一，有三種批評者，第一種是「詩人身兼批評家」，其主觀的批評原則來自於他自身創作詩的美學觀點，這與「純粹的批評家」不同，專職的批評家往往是透過自身認同的理論系統，進行鑑賞的理據，當然還有第三類型，就是「讀者」，讀者往往會以主觀的愛惡，進行批評，而三者都有不可忽視的價值，但其價值的來源，並不能只停留在閱讀情緒的抒發而已，至少都必須對於「詩」有基礎的了解。第二，他透過自身鑑賞批評詩作的方法，談到讀詩的「客觀原則」，同時這也呈現出詩人身兼詩評家，與單純詩評家的相異之處。他認爲讀詩必須從「作者」與「讀者」雙重的立場進入，一方面設身處地想像自己是作者，對於這首詩能夠進行怎麼樣的解說與詮釋；另一方面則站在讀者的立場，觀察這首詩到底能夠被詮釋出什麼，筆者先以下圖示之：

從上圖可以很清楚地看到岩上的批評觀點，他認爲從作者立場進入時，這首詩既不能夠把話說盡，同時也不能空洞無物，什麼也沒說；從讀者立場進入時，這首詩既不能淺薄到一望即知，同時更不能晦澀到難以卒讀，當然按著岩上詩學的脈絡，他最關注的還是語言表現的本質問題，但從岩上的「雙重立場論」，我們不難發現一種圓融的批評概念，這樣的批評概念，呈現在岩上的創作思維中，就更能夠看到他與其他本土性較強的笠詩人不同之處，他說：

> 基本上，我的文學觀崇尚現實主義，從生活經驗中取材但不排除現代主義的表現手法，包含超現實主義。太極

> 拳是一種非常重視扎根的運動，講究下盤的穩健，兩腳
> 踏實於大地，它的拳架手法剛柔並濟，並不虛晃耍弄花
> 招，實在很合乎我的詩觀美學。[61]

在現實主義的基礎上，卻不排斥超現實主義的表現技巧，以生活經驗
作爲基礎，在藝術技巧上就不容易玩弄花招，如此便可以像太極拳
一般，虛實相生，有無相應，同時可以兼容並蓄各種創作的技術與思
維，不受到理念與意識型態的影響，讓詩作的鑑賞在詩人的主觀美學
中，出產生相對平衡且自由的客觀原則，這樣的批評鑑賞論點，是岩
上詩學中極大的特色。

六、結論──從岩上論詩人意識談起

　　從前述的研究可以發現岩上詩學涉及了詩歌本質根源、創作思維
方法、詩歌功能目的，以及新詩的批評與鑑賞各個層面，並且從語
言論、意象論到社會現實性的創作基礎都有細緻、全面且深度的分
析，岩上相當自覺於自身詩人與詩評家的雙重身分，同時也帶著社會
參與者的行動思維，可見他對於「詩人意識」的建構，有著極爲崇高
並自省的看法，他說：

> 詩，常是詩人生活的表徵，但僅僅從一兩首詩是不容易
> 看出來的。詩較能讓我們了解詩人生命的本體樣態，也
> 就是詩人生命蘊匿的原型基素是很自然地在詩作品中流
> 露出來的。[62]

---

[61] 岩上，2015年，〈詩與太極拳〉，《綠意》，南投：南投縣政府文化局，頁133。
[62] 岩上，1996年，〈岩上書簡1〉，《詩的存在》，高雄：派色文化出版社，頁164。

按此處引文，岩上認爲詩人的生命樣態與生活表徵是無法在詩中掩藏的，身爲詩人，在作品中必須把生活的反省與思維，呈現於作品中，這是詩人應當有的自我要求，「處在目前臺灣文學環境，一個有理想的作家或詩人，我認爲不是『享受精神生活』，而是要創作『生活精神』。只有從『生活精神』中，認清自己的文學觀念，詩人表現它的詩文學的精神，臺灣詩人才有『精神生活』可言。」[63]，的確詩人不應該只有向內去享受並抒發自己純然封閉的精神生活，這反而與生活脫節，詩人應該從生活中提煉出自身省思後的精神樣貌，傳達建基於現實經驗上的生活精神，而這當然與詩人自身熟悉的環境息息相關，詩人必須從生活中尋找經驗作爲創作素材，把特殊經驗轉化成讓讀者能夠共鳴的生活精神，從有限把握無限，才能成爲文學的先行者，這就是「詩人意識」或者說是岩上的「詩人論」，他說：

> 詩人的意識是詩本體初始的存在，詩的存在由語言的初始凝向而來，所以詩是語言的創發；也存在著詩人意識的指向。[64]

又說：

> 詩人的要務是於宇宙龐雜的物象中，去發現自足存在的個體素材，又從有限的自足的物象中去發現宇宙存在的無限真義。[65]

---

[63] 岩上，2007年，〈淺論詩的思考與精神生活〉，《詩的創發》，南投：南投縣政府文化局，頁55。

[64] 岩上，2015年，〈從主體意識看賴欣詩中的意旨〉，《詩的特性》，南投：南投縣政府文化局，頁260。

[65] 岩上，1996年，〈論詩的存在〉，《詩的存在》，高雄：派色文化出版社，頁33。

按上述引文，筆者以下圖表先呈現，再進一步分析：

詩人 ── 語言的 ── 詩本體 ── 語言的 ── 意識的 〈 有限自足的物象
意識 　　凝向 　　　　　　創發 　　　指向 　　　宇宙存在的無限

也就是說，回到最起始的根源，詩人意識便是詩歌文本的價值歸**趨**，唯有詩人自覺於從自我通往大我的生命觀照，從有限的物象通往無限的哲思，從個人通往現實社會，才能夠讓意識的指向，臻於圓熟與完滿，岩上分析自己創作與詩人意識的共振軌跡時說：

> 生命的成長和時空背景的改變，都是我詩源的脈流，在詩質主線不變之下，每個時期又各有不同面貌。[66]

又說：

> 詩離不開個人的抒情和感懷，年輕時我的詩也是從自我意識出發，詩思漸循延伸範圍擴大，之後走出自我；然後小我和現實的觀照與關懷大我同步而行，而後又回到自我，當回到自我時已非原先之我，這是人生歷練的成熟，大體上我的詩呈現了這樣迴轉的軌跡。[67]

可見岩上對於自身創作的脈絡與軌跡，有著很清晰的思維與辯證，其中的變化處在於從自我意識走向大我關懷，這是一種經過時間洗練的成熟。而不變的是，岩上對於詩質的要求，以及關於意象及語言的思

---

[66] 岩上，2015年，〈詩域的激流〉，《綠意》，南投：南投縣政府文化局，頁49。

[67] 岩上，2015年，〈我的詩觀我的詩〉，《詩的特性》，南投：南投縣政府文化局，頁373。

辨與論述，幾乎都貫串了寫作的歷程，而岩上近來的詩作，與其教授學員的太極拳法，產生了互構的脈絡，他說：

> 鬆柔之前提在於靜定，因靜定使我詩思清晰明辨；因陰陽虛實變化，使我考慮詩的意旨正反多面與結構圓整。古代詩人喜以詩寓禪，也以禪入詩；而我卻以詩寓太極，以太極的變易入詩，而致於迷戀悸動。基本上，我的文學觀崇尚現實主義，從生活經驗中取材但不排除現代主義的表現手法，包含超現實主義。太極拳是一種非常重視扎根的運動，講究下盤的穩健，兩腳踏實於大地，它的拳架手法剛柔並濟，並不虛晃耍弄花招，實在很合乎我的詩觀美學。[68]

可以看見岩上在近年來的詩人意識，已經開始涉及有無、虛實等生死命題，一邊藉由道家對於人生提出的思考，以詩作探討生命與消亡其實都是同層級之流轉，生不必喜，死無需悲，有與無不過是一個自然起滅的圓，自我無需困於其中而產生執念。進一步再對「自我」產生的問號，提出了一個更為超越的解答，畢竟「無執」也是一種「執」，只有對於「有」和「無」同時消解，才能達到究極圓滿之境，這樣的境界介於「有」與「無」之間，或許是一種「非有亦非無」、「不有亦不無」這種「一切法皆因緣生」的佛教思維。

　　而我們更應該期待的是，岩上詩人意識的新變，是否除了能在詩歌創作的實踐之外，也能透過他詩評家的另一身分，以理論或是實際操作的鑑賞批評，建構出一套「太極詩學」，或許將會帶來其詩學發展的另一次高峰，並且影響未來的詩評家與創作者。

---

[68] 岩上，2015年，〈詩與太極拳〉，《綠意》，南投：南投縣政府文化局，頁133。

引用書目（依姓名筆劃排列）

1997年8月，《笠》200期，笠詩社印行。

丁威仁，2008年9月，《戰後台灣現代詩史論》，臺中：印書小舖。

白萩，2005年2月，《現代詩散論》，臺北：三民書局，二版一刷。

岩上，1996年，《詩的存在》，高雄：派色文化出版社。

岩上，2015年，《詩的特性》，南投：南投縣政府文化局。

岩上，2007年，《詩的創發》，南投：南投縣政府文化局。

張夢機，1977年，《思齋說詩》，臺北：華正書局。

彭瑞金主編，2002年，《李魁賢文集》第捌冊，文集十七《詩的奧　　祕》，行政院文化建設委員會出版。

岩上，2015年，《綠意》，南投：南投縣政府文化局。

附　錄

篇名	論及詩人	書名／詩名	出處	形式
〈錦連詩中的生命脈象訊息和意義 —— 以創作前期為探討範圍〉	錦連	無	《詩的創發》	單篇評論
〈錦連和他的詩〉	錦連	無	《詩的創發》	單篇評論
〈錦連詩創作前後期的比較〉	錦連	無	《詩的特性》	單篇評論
〈詩的邊緣〉	賴欣	無	《詩的創發》	評析
〈從主體意識看賴欣詩中的意旨〉	賴欣	無	《詩的特性》	評析

篇名	論及詩人	書名／詩名	出處	形式
〈淡素中和詩思真──序賴欣《第一首詩》詩集〉	賴欣	《第一首詩》	《詩的特性》	序文
〈獨特知性與明澈哲思──述論林亨泰的詩與詩論的一致性〉	林亨泰	無	《詩的特性》	單篇評論
〈釋析林亨泰「宮廷政治」一詩〉	林亨泰	〈宮廷政治〉	《詩的存在》	評析
〈江自得的詩藝表現技巧〉	江自得	無	《詩的創發》	單篇評論
〈由形入內，情韻綿密──讀江自得詩集《江自得》〉	江自得	《給Masae的十四行》	《詩的特性》	評析
〈評黃勁連詩集「蓮花落」〉	黃勁連	《蓮花落》	《詩的存在》	評析
〈鹽的和聲──黃勁連詩集「蟑螂的哲學」序〉	黃勁連	《蟑螂的哲學》	《詩的存在》	序文
〈論葉笛詩中的主題與詩藝技巧〉	葉笛	無	《詩的創發》	單篇評論
〈亂中的秩序──析論向陽詩集《亂》〉	向陽	《亂》	《詩的特性》	單篇評論
〈論趙天儀地景詩的意象與心境描寫〉	趙天儀	無	《詩的特性》	單篇評論
〈釋析楊喚的「雨中吟」〉	楊喚	〈雨中吟〉	《詩的存在》	評析

篇名	論及詩人	書名／詩名	出處	形式
〈釋析覃子豪的「夢的海港」〉	覃子豪	〈夢的海港〉	《詩的存在》	評析
〈釋析白萩的「廣場」〉	白萩	〈廣場〉	《詩的存在》	評析
〈從語言問題談明台的「緘默」〉	明台	〈緘默〉	《詩的存在》	評析
〈從詩想的動向看鄭烱明的「歸途」〉	鄭烱明	〈歸途〉	《詩的存在》	評析
〈從詩的彈性談拾虹的傑作〉	拾虹	〈拾虹〉	《詩的存在》	評析
〈吳夏暉「中文系統」一詩賞析〉	中文系統	〈中文系統〉	《詩的存在》	評析
〈木訥與純情──我讀蕭翔文詩集「相思樹與鳳凰木」〉	蕭翔文	《相思樹與鳳凰木》	《詩的創發》	評析
〈無岸之愛──讀李勤岸的詩〉	李勤岸	無	《詩的創發》	評析
〈莫渝的詩品論〉	莫渝	無	《詩的特性》	評析
〈生活・女體・奇思──論利玉芳其人其詩〉	利玉芳	無	《詩的特性》	評析
〈喬林與他的詩〉	喬林	無	《詩的特性》	評析
〈論陳千武宗教詩中批判意識的意義〉	陳千武	無	《詩的特性》	評析
〈見證和認同──簡論巫永福詩文學意向〉	巫永福	無	《詩的特性》	評析
〈咖啡茶酒，自然香──讀黃騰輝詩集《冬日歲月》〉	黃騰輝	《冬日歲月》	《詩的特性》	評析

篇名	論及詩人	書名／詩名	出處	形式
〈台語詩現代化的花蕊——品讀方耀乾的台語詩〉	方耀乾	無	《詩的特性》	評析
〈環境‧再現與尋思——讀趙迺定《森林‧節能減碳與土地倫理》〉	趙迺定	《森林‧節能減碳與土地倫理》	《詩的特性》	評析
〈詩與戈壁沙漠的回響——蒙古詩人森‧哈達詩五首賞析〉	森‧哈達	無	《詩的特性》	評析
〈夢裡的現實——序潄雲詩集《夢‧1997》〉	潄雲	《夢‧1997》	《詩的創發》	序文
〈一點露的形影——序李默默詩集《被埋默的種籽》〉	李默默	《被埋默的種籽》	《詩的創發》	序文
〈期待森林中的悅音——序陳晨詩集《黑色森林》〉	陳晨	《黑色森林》	《詩的創發》	序文
〈秋收的反諷——羊子喬《三十年詩選》序〉	羊子喬	《三十年詩選》	《詩的創發》	序文
〈詩蕊不萎——為洪錦章詩集《月問》出版而寫〉	洪錦章	《月問》	《詩的創發》	序文

寫詩的身體‧詩寫的身體
試論岩上《變體螢火蟲》中的身體語言

嚴敏菁

國立暨南國際大學中國語文學系博士生

摘要

　　岩上寫詩一甲子，在創作上題材豐富多元，研究者也多從主題與創作手法來探勘其作品深度。然而岩上學習太極拳四十多年，對身體與精神的結合多有體會，因此本文試著從近年的詩集《變體螢火蟲》中，找出其作品中有關身體的種種現象，探討其書寫自我與他人、土地、社會、國族的種種面向。關於「身體」的書寫，本文歸納出幾個層次：身體器官、感官的隱喻，例如「病」的身體；以肢體的動作爲隱喻，如「裸」的身體；以身體行爲作爲行動隱喻，如「變」的身體與「行動」的身體。由上述幾個層面，將《變體螢火蟲》中的身體書寫分爲四個小節，從中分析岩上作品中以身體語言相關的書寫，呈現出生命自覺、社會關懷、國族寓言、時代嬗變。以及作品和詩觀互爲印證的可能，提供參考。

關鍵詞：變體螢火蟲、岩上、身體

The poet of writing and the the body in the poems—the body language of Yen-Shang poetry collection 《Variant Firefly》

By Yen, Ming-Ching

Abstract

Yen-Shang have been writing poems for sixty years. The subject of his poems are various and the researchers often explore his works from theme and skill. Because he has learned Tai-Chi for forty years, the combination of body and spirit is important for him. The article is focused on his poety 《Variant Firefly》 which was published in 2015, and try to find his view of life,anima,society,nation and world from his poems about body. About the body writing, the article concludes with several levels: the metaphor of body organ and sensory ,the action of the body as a metaphor, the body behavior as a metaphor for action. Based on the above points, if we explore with his view of poetry, we could confirm that the poems of Yen Shang that his poety presents the life consciousness, society care, the fable of nation, the evolution of times, and the encounter of culture.

Keywords: Variant Firefly、Yen Shang、body

前言

　　《變體螢火蟲》[1]是詩人岩上於2015年所出版的詩集，書名以螢火蟲身體發光爲隱喻，透露作者一生面對人群與世界、在爲己與從人之間的思考與掙扎過程中，爲自己安置的生命位置。若參照2016年所出版詩集《另一面》，同樣是作者六十年累積與沉澱的人生宣言。兩本詩集調度語言的多義性呈現多元的主題，深崛語言的多向度，不集中於單一義，爲兩本詩集之旨趣。

　　岩上寫詩一甲子，潛心太極拳四十年。他自太極原理、方法中體悟人生，透過拳術的表相，以清明的身體辨認有與無、虛與實、心與相，魂與身，拳理如詩理，亦如人生，等待、聆聽與蛻變，是行爲也是行動的語言。太極拳的招式理路導引著詩人身體，而身體的韻律、協調與控制，也同時導引了思路與創作。岩上自言習練太極拳使知覺感官更靈敏，使人得以更清楚地認識世界，詩人訴諸語言，身體不只是思考的載體，也是心的執行者與啓蒙者。岩上曾以〈鬆、沉、圓、整〉爲題，以太極心法寫詩，但實際上明確以身體作爲書寫對象的作品並不多，本文以《變體螢火蟲》爲例，試圖找出作者以身體爲面向的書寫，從中探討詩人面對人生、社會、國族與世界的觀察。有關「身體」各種層次的書寫，本文將包含下列幾項：

1. 身體結構中的部位：例如：頭、軀幹、手腳、面部、皮膚等外在部位與感官；心肝脾肺腦等體內臟腑器官，以及維持生命協調身體之骨骼、血管、血液、神經脈搏等各種功能。
2. 肢體的動作與身體行爲：用來描述身體各種姿態的語言，包括局部的身體或肢體動作如：走踏踩摘叫喊、唱歌說話、看

1　岩上，2015年，《變體螢火蟲》，臺北：遠景。

聽聞望嚐、呼吸、跑步、點頭、牽手、張望、…等肢體局部
行為。身體的行為例如：旅行、運動、睡眠、膜拜、躲藏、
沉默、乞討、遊戲。

3. 以身體感官、器官作為隱喻：例如以母親遺像象徵家園已
故，母親被霸凌的身體隱喻國族身分。

4. 以身體的行為作為行動隱喻：例如「裸體」用來吸引觀看及
消費，「縱火」可能有其訴求，「表演」是藝術精神的展
現。

5. 身體行為轉化為生存、生活與生命的象徵：此種描述方式並
非讓身體真正完成某種活動或參與其中，而僅以文字描述身
體行為所呈現的生存或生命狀態，文字以身體為媒介來描述
「象徵性」的行為。例如燃燒、蛻變、流浪、監視。

　　以上述層次分類後，本文將《變體螢火蟲》一書中有關身體的
書寫集中為五大主題：「變」的身體、「病」身體、「行動」的身
體、「裸」的身體，以及「旅行」的身體。在「變」的身體中，爬疏
作者的人生觀；在「病」的身體中，探問臺灣的土地之病、國族之
憂；在「行動」的身體中了解作者對於市井小民的關注；在「裸」的
身體裡，寫下資本主義時代的美麗與哀愁；「旅行」的身體是詩人
與世界，跨越時代、空間與文化的遭逢，彷彿被拋擲於世，在旅途
上，也在冒險中。

一、「變」的身體：發光的人生・燃燒的作品

　　身體有其能變性，既隨著時間轉變：從出生、茁壯、病痛、衰
老，到死亡，也隨空間變動：居家、旅行、逛街、運動、寫作、遊
戲、讀書、聚會……。更多的時刻，身體隨著身分不斷流動：求
學、結婚、工作、流浪、遷居、家變、國變、……。人一生的思想可
能停駐在某個時刻，身體卻必須因時空之故而不斷變化，行為可能受

想法所牽制，想法更可能受身分影響。身體的改變雖是不可逆的命運，但身體也有其可逆之「變」——蛻變，這種「變」須依靠「燃燒」、依靠「錘鍊」，而錘鍊與燃燒，首先要有持續的「激情」。〈變體螢火蟲〉以身體之變隱喻人生之變，再延伸到詩創作的手法之變，是岩上人生觀與創作觀的合一展現：

　　　　夜間的飛行
　　　　才能貼近
　　　　真實的存在路向
　　　　空間的黑暗
　　　　滴落的，淚水
　　　　隱密
　　　　寂靜無聲

　　　　我必須燃燒自己
　　　　你才能望見
　　　　飛行速度掠過潮濕的森林草叢
　　　　腐蝕才是冰冷激發熱火的爆裂
　　　　激情錘鍊的
　　　　變體，我不是蟲
　　　　是光

　　　　　　　　　　　　　〈變體螢火蟲〉（頁32-33）

從一九九三年創作的〈舞〉[2]，以多樣的身體舞姿呈現豐富的形

2　岩上，1997年，〈舞〉，《岩上八行詩》，高雄：派色文化，頁64。

「變」，到二〇一二年〈變體螢火蟲〉中的質「變」，對於詩創作與人生狀態從形變與質變，兩首詩具有互文與對話性，「變」有其肉身與生命境界兩種流動狀態：從形變觀點，「我」仍是我，但「我」從單一之中不斷發揮、超越自己而有不同姿態、多重之「我」；從質變觀點，原來的我在蛻變過程，變成新的我。蛻變既指涉生物性也延伸至精神性的超越，岩上詩作中曾多次書寫的「蟬」主題，也有蛻變一義。「變」字一義從〈舞〉的多姿，精簡至繁華落盡見眞淳的〈變體螢火蟲〉中，在創作與人生的隱喻上，「變」有幾個層次：一是「蛻變」，這種蛻變使我們得以成就自己。螢火蟲的身體之「變」，指的是「發光」的能力。「光」有其形而無實體，卻必須由實體才能發出。作者所提出的「光」，是人生之光，也是寫作之光，發光是人生的過程同時也是結果，寫詩也是另一種發光的過程。於是我們要問，在人生的過程中如何化爲光？詩人回答，「我必須燃燒自己／你才能望見」。燃燒是自我的綻放也是自我的犧牲，是讓別人看見也是照亮世界。以「發光」隱喻「燃燒」，從身體轉向人生，螢火蟲的發光飛行像一場自身燃燒的旅行，過程如作者所說不斷地在「變」，行動的本身就是內容，燃燒就是人生。燃燒是痛苦的，但是透過燃燒才能「變」，通過「變」，我們才能跟「螢火」蟲一樣，有自己的名字，否則永遠是蟲。螢火蟲也隱喻黑暗中的引路人，在「空間的黑暗」中，爲他人點一盞希望之火，儘管璀璨的火光也同時遮蔽我們流淚與出力的身體。

　　而寫作的過程如何化爲「光」？岩上在早前的詩論〈詩的創作與技巧經營〉中，曾經提過：

> 素材如燃燒的木材，而詩是火。
> 詩存在於有（實）與無（虛）之間。
> 詩如火，有光有熱。需要木材才能燃燒，更需要詩人心靈的點火才能燃燒。

> 木材是實的；心靈是虛的。實的是象，虛的是意，交匯
> 燃燒是火的光與熱，是詩境的演出。[3]

以詩的語言點燃素材，就能化為光，因此另一個層次談的是「變的過程」。我們如何看見詩人所說的「變」？詩中提到，在「夜間」，才能看見螢火蟲的「光」、「我必須燃燒自己／你才能望見」、「腐蝕才是冰冷激發熱火的爆裂」，以上數句皆有對比性：夜／光、燃燒／看見、冰冷／熱火，在虛與實之間、在對立之間，意象產生流動，就有了「變」。岩上說：

> 詩的詩想行動是從現實進入非現實；與現實和非現實交
> 錯的存在，這是詩存在的真正領域。所以：詩可以從
> 「有」到「有」；詩可以從「無」到「有」；詩可以從
> 「有」到「無」；但不可以從「無」到「無」。[4]

從「無」到「有」，或者從「有」到「無」，就是創作之「變」。「變」是岩上的詩觀中非常強調的因素：

> 詩貴創新，而創新貴在凝定於形式，凝定是詩表現的準
> 確性。
> 詩沒有永遠不變的形式，但詩如果不能在形式上凝定，
> 它將成為游離的狀態；而凝定如果太固定也會失去詩的
> 飛躍性。

---

[3]　本文寫於1973年，後收錄於岩上，1996年，《詩的存在》，高雄：派色文化，頁122。

[4]　岩上，2015年，〈我的詩觀我的詩〉，《詩的特性：岩上現代詩評論集》，南投市：南投縣政府文化局，頁386-387。

　　　　變是一種求新的方法，但不可能成為無表現的假象。
　　　　很多詩，我們只看到語言的變動而看不到詩。那是因為
　　　　變得太離譜，失去社會性的功能。
　　　　在不變中求變，在變中求不變，是凝定風格的方法。[5]

　　詩有其變、有其不變，應該求變的是詩性本身而不只是語言，不變也是詩性本身而不只是語言。但是要如何「變」呢？作者在〈春蝶舞彩〉中說：「如構詩錘鍊的創作／變形／扭轉自身成乾坤／脫胎／換骨成飛翔」[6]，「變形」是「脫胎換骨」，是人生課題，也是創作的考驗。

　　「燃燒」需要依靠「激情」，那是什麼樣的激情？岩上在〈距離〉中提到：

　　　　很多只想呆在這裡就好
　　　　很多只想呆在那裡就好
　　　　這裡到那裡
　　　　那裡到這裡
　　　　都有未知的危險
　　　　……（中略）
　　　　有距離就有跋涉的勞累

　　　　沒有距離的安全
　　　　和有距離的安全

5　岩上，2007年，〈詩的語言與形式〉，《詩的創發》，南投市：南投縣政府文化局，頁23-24。

6　岩上，〈春蝶舞彩〉，《變體螢火蟲》，頁86-87。

一樣，不知道

……（中略）

不知道等於安全嗎？

〈距離〉（節錄）（頁49-50）

在燃燒之前，需要有「從這裡到那裡」的勇氣，因為「從這裡到那裡」有「未知的危險」與「跋涉的勞累」，有激情才能有勇氣，因為要「從這裡到那裡」，必經的是一段段的「錘煉」。轉變儘管帶來危險，保持現狀也未必安全，歷經燃燒才能蛻變，但燃燒之後所剩的餘燼又是什麼呢？

既已成為灰燼
必定曾經燃燒過

燃燒過的激情
花在光亮與熱烈中爆發

爆發的激盪粉碎
已非原有形狀

形狀既已脫離原物的本質
灰飛落定吧

〈灰〉（頁43）

「爆發」因「燃燒」而引起，卻比燃燒更為劇烈，「粉碎」的下場讓一切「已非原有形狀」。生前的「燃燒」讓生命輝煌，身歿的「燃

燒」使身體終成灰燼，「燃燒過的激情」總會過去，一生慾望與不安的身體終得安息。灰燼並非代表一無所有，那是人生曾經熾烈爆發過的記號，是肉體揮別俗世的手勢，是身後蓋棺論定的象徵。

　　從身體到「變體」，從「激情」到「燃燒」，人生與創作相仿，都是選擇如何自我安頓的過程。「從這裡到那裡」是一段以語言「錘鍊」詩、也是以「燃燒」為自我紋身的創作與人生之路，「螢火蟲」就詩人自己，在自我打磨後閃耀的「光」，是詩之靈光，也是人生歷經修煉的智慧之光。他說：「寫螢火蟲，希望燃燒自身的能量成為光體，這種光體是激情的錘鍊，不是虛無的幻像。」[7]即使是灰燼，也是曾經熱烈燃燒的印記。

二、「病」的身體：女體的主訴・錯亂的認同

　　詩人如何訴說他對社會的關懷與土地之愛？以戀人的立場、擬物的比喻還是全知的視角？詩人從《台灣瓦》、《更換的年代》與《針孔世界》，常以「健康出問題」或以身體「不健全」的意象來指涉人性與社會現象，例如以「吸水而虛胖的軀體」[8]隱喻經濟泡沫化與一窩蜂追逐與盲從的社會現象；「肝臟壞了／換一個／腎臟壞了／換一個／心臟壞了／換一個」[9]來隱喻現代人對於物的漠視與資源浪費；「還沒脫褲下蹲／一陣陣臭氣／就排出倒海撲鼻而來／夾在兩股之間的頑強自我／不妥協地／還是崩洩出來」[10]，以腹瀉與便祕影射核廢料的排放焦慮。本節以「病」字統合作者意圖，疏理其對於身體的書寫，所指涉土地家國「不健康」或「不健全」的表徵。在

7　岩上，〈變體螢火蟲・自序〉，《變體螢火蟲》，頁23。

8　岩上，1990年，〈台灣瓦〉，《台灣瓦》，臺中：笠詩刊社，頁64。

9　岩上，2000年，〈更換的年代〉，《更換的年代》，高雄市：春暉，頁6-7。

10　岩上，2003年，〈如廁〉，《針孔世界》，南投：南投縣政府文化局，頁165。

《另一面》與《變體螢火蟲》中，多以一系列與「母親身體」有關的詩作，涉及了土地與國族的議題，這一系列的詩集中於《變體螢火蟲‧輯三‧母親的臉，懸掛著》。作者以擔憂「生病的母親」，象徵對臺灣的土地與國族身分之憂，「母親」是詩人對臺灣這塊土地最強烈的身分認同。在這些詩作中，「母親」以虛弱、生病、悲傷、受欺負的形象被描述著：母親是時常「流淚」的[11]，她不得不在時代變革下時時「轉變身分與語言」；[12]她的「喉管」被切割、身體被「不明的旗幟抽插」、「強佔」，痛得「呻吟」，卻始終「沒有名分」，她「氣血阻塞」，「拖著」病危的身體，「形影浮沈於大海洋中。」[13]晚年的她聽覺受損，再也「聽」不見世界的美好；[14]最終，母親的臉、失血的身體與變調的國族山水，一同被「懸掛」成一幀遺像，「龜裂」成無名的版圖。[15]

關於母親，丁威仁在《變體螢火蟲‧序》中，提出「母土」的命題，說明詩人「常透過母親的形象，進行尋根之旅」[16]：

> 母親這個重要的意象，對於岩上而言，其實是生命的尋根與溯源，表面上指涉的是真實的母親，實際上母親卻存在著另一個深層意涵：母土。（頁17）

此一命題下，《變體螢火蟲‧輯三‧母親的臉，懸掛著》一系列詩作，詩人總伴隨在虛弱的「母親」身邊，望著「她」的病，看著

---

[11] 岩上，〈夢見母親〉，《變體螢火蟲》，頁105-107。

[12] 岩上，〈大姐的語言〉，《變體螢火蟲》，頁110-112。

[13] 岩上，〈母親的臉，懸掛著〉，《變體螢火蟲》，頁98-99。

[14] 岩上，〈蟬鳴的歲月〉，《變體螢火蟲》，頁108-109。

[15] 岩上，〈母親的臉，懸掛著〉，《變體螢火蟲》，頁98-99。

[16] 丁威仁，〈洗滌自我的生命行旅〉，《變體螢火蟲‧推薦序》，頁15。

「她」受摧殘，卻有著無計可施的憂鬱苦痛：

母親的臉，懸掛著
一幅空洞的
山水
畫裡，失血的色調
有著命運龜裂的痕跡

歷經千百年時光隧道
被切割吐納的喉管，失去原初的話語
經絡的連接，只有拖磨
血脈的奔流，山形海島
波浪柔腸，心跳的不律整，寸不斷

……（中略）
被抽插著不明身分旗幟的母親
被強佔
呻吟
是唯一的語言

阻塞的氣血，無地宣洩
仍要活著不死
母親拖著病魔
沒有名分

〈母親的臉，懸掛著〉（頁98-99）

　　〈母親的臉，懸掛著〉是從母親的臉、身體，延伸至土地、國族的隱喻。懸掛著的母親的臉，彷彿是人像與山水圖像疊合的概念，母親是土地的隱喻，而山水則是國族的象徵，「空洞」是兩者共用的符號，都是「命運龜裂的痕跡」。而懸掛著的這張母親的臉，是母親的遺照，是殘破的家園圖像，是病危的土地，也是殘山剩水的國族地圖。「山水」的概念在此處以大自然「山水」轉換象徵性的國家「山水」，以土地指涉國族。詩中的母親是被「切開喉管、柔腸寸斷」以及「流離失所」，她的身體被任意強佔、標誌，話語權被剝奪，她是「拖著病魔」，極須診治的。

　　對於母親的隱喻，詩人指認臺灣這塊土地，將之視為哺育、撫養的母土象徵；如同丁威仁提到：

> 這首詩的母親，指的就是我們的母土；美麗的福爾摩沙臺灣。詩人在尋找島嶼之根時，發現這個島嶼不斷被強佔，不斷地改變不同的殖民者，但作為「母親」的土地，卻依然拖著病體，繼續活著，只為了有一天能夠獲得屬於自己的名分，做自己的主人。（頁18）

　　「母親」是居住於這塊土地上的人所認同的身分嗎？事實上這個母親是沒有「名分」的。「歷經千百年時光隧道／被切割吐納的喉管，失去原初的話語」沒有名分的身體，似乎有話想說，只是歷史的更迭一次又一次地切割她的喉管，剝奪了她的話語權。她唯一發聲的機會，是「被抽插著不明身分旗幟的母親／被強佔／呻吟／是唯一的語言」。霸凌、強佔甚至在她身上奪取使用權的人，都住在母親的「身體」裡面。

　　土地與人民是國家的血肉，是誰擁有寶島卻破壞她，是誰讓出了國家的位置，霸佔了鄉愁？國家在哪裡？多元的國族認同屬於什麼認同？〈母親的臉，懸掛著〉從鄉與土的隱喻延伸至國族認同問題。臺

灣是鄉、是土，是國嗎？也許住在臺灣才使人產生鄉愁，土地是用來
買賣的嗎？不然為何整個島嶼都在買賣中。在詩中，作者思考著島嶼
的身分，憐憫她「被抽插著不明身分旗幟的母親／被強佔」卻「沒
有名分」。另一首〈大姐的語言〉，雖以大姊為題，作者仍以「母
親」的身分來觀看大姊的一生，丁威仁提到：「大姊像是母親，象徵
著這片母土，第四個孩子隱喻著大姊生命的四個歷程，也暗示著這座
島嶼不斷在殖民者的遞嬗中，沒有辦法讓土地的語言，變成普遍性採
用的官方語言，藉此哀悼臺灣從未取得過自身的主體性，……岩上一
方面以詩奠祭著大姊，同時也哀悼這片沒有自我的母土。」[17]

在詩集《另一面》中，〈四物湯〉將母體與母土整合、相得對
應，也是以土地作為母親的隱喻：「母體滾動荒漠／大地腹痛，經血
枯澀凝滯而鬱熱」、「大地臉色蒼白／母親四肢冰冷」、「大地氣血
枯衰／母親五臟六腑貧血」、「大地不再叫痛／母親不再虛脫」。[18]
母土營養的欠缺，有如女性「經血枯澀凝滯」因而產生「鬱熱」、
「血氣虛熱」等體寒的症狀，作者以中醫的觀點，開立一帖針對女性
行氣補血、滋陰潤燥的「四物湯」，以「生病／治療」作為醫病隱
喻，又是有別於上述「母親／兒子」的視角。

〈憂國錯亂〉[19]用一百行詩寫臺灣簡史，提取關鍵性的歷史事件
標幟臺灣人對於國族認同的錯亂。詩中的時空座標環繞幾個與臺灣相
關的國家：中國、日本與美國。詩作從崇禎皇帝上吊開始，執政黨熱
情接待大陸官員事件作為結束，一百行詩作細數臺灣與中國之間的對
立、認同，與矛盾。

作者設定崇禎之死為起點，以崇禎與三島由紀夫兩具「殉國」
的身體作為比對：皇帝上吊的繩子為大明王朝劃下了句點，皇帝之

---

17 丁威仁，〈洗滌自我的生命行旅〉，《變體螢火蟲・推薦序》，頁19。

18 岩上，，2014年，〈四物湯〉，《另一面》，南投：南投縣政府文化局，頁92-93。

19 岩上，〈憂國錯亂〉，寫於2010年12月18日，收錄於《變體螢火蟲》，頁161-164。

「殉」究竟是「烈士之殉」，還是貞節烈女式的殉節？「殉」的身體在國主身上形成道德考驗的符碼，自殺究竟是犧牲還是逃避？國族認同在華人的歷史版圖中，是否從來就備受爭議？這條上吊的「繩子」將臺灣與中國「圈」在一起，自此逃不開糾纏。在這之前，臺灣是名義上中國屬地，地理位置上的他者，在荷、西的占領下中國對這塊島嶼的主權其並無太多反應。明鄭開啓了對臺灣的治理後，臺灣對於中國而言，是臍帶相連還是盲腸發炎？皇帝「死不瞑目」，吊人樹以「瞪著斜眼」的視角看「一塊島嶼板蕩的歷史演戲」，原本與世無爭的臺灣島展開與對岸千絲萬縷的關係。

　　中國皇帝治國、憂國，最後選擇上吊方式身殉，三島由紀夫寫《憂國》，最後以切腹的方式身殉：「切腹就要斷氣，幹嘛再砍一次頭」砍頭之後不用再思考，無煩無憂，「三島由紀夫從腹腔拔出來的／那把劍，已生繡四五十年／還有悲憤的體溫再演『憂國』嗎？／憂國啊！憂什麼國？」皇帝的繩子、文人的武士刀，弔死的身體睜眼僵直，切腹後的體溫再也不能熱血忠貞，皇帝、文人各自以不同方式犧牲與憂國？那麼，臺灣人憂國嗎？誰來憂國如何憂國？憂誰的國？

　　在〈憂國錯亂〉中，標幟著各種身分、身體、行為與行動：二戰結束後的東方，是殘破混亂、傳統秩序完全崩潰的時刻：「一九四九人類的螻蟻大遷移／東京的妓女滿街阻擋美國大兵，讓他們入侵／基隆港口臥滿乞丐兵／上海灘是世紀末活命搶奪船舷逃亡墜海的灘頭／炮彈」伴隨戰爭而來的飢餓、搶奪、逃亡、賣淫，集中展現了人類世界中最悲慘的一頁，這些被濃縮在士兵、妓女、盜匪的身上，妓女與士兵、盜匪與良民，戰爭中的臺灣，身分擺盪在「戰敗國」與「戰勝國」之間，在殖民地與根據地之間。戰後的臺灣，被納入撤退的版圖，邊緣上的槍聲，「掃射」一九四七年的血海，自此「白色」的血液淌入島嶼的角落。這裡是「被槍械鎮壓的島嶼」，被規訓的身體集體唱著「反攻大陸」的歌曲，展演「殺朱拔毛的話劇」，「跟隨偉大的領袖」，膜拜「民族的救星」，「背誦沒有土地的地圖和虛構的歷史星宿」，嚮往著「天方夜譚裡的美麗神州」。這

是臺灣人的憂國？詩人為此產生疑惑，集體恐怖統治的時代，我們以規訓良好的身體「愛國」與「憂國」，我們究竟「憂那一國？」

　　解嚴以後的臺灣，「毋忘在莒」成為裸女藝術照裡的懷舊符號，老兵回鄉的「熱淚」，流落在更多欺瞞、冰冷的同鄉語言。「走樣了的鄉音」呼喚，「使一堆已白骨的老母親爬起來相認」，這一切都像「夢」、「遺」，「少小離家」的老兵回鄉，故鄉已成夢；回鄉之路幾已遺忘，青春故人早已遺失。這是一個「舔鹽止痛」的島嶼，歷史中貪婪的政治家，「以啃食蕃薯充饑」，島嶼上的子民帶著「深深地隱埋失語的舌頭」，「望著自耕的甘蔗甜汁流口水」，好戰與慾望的飢渴帶來人民的飢餓，這是個沒有記憶的島嶼，「子孫呀／患了歷史健忘症」。

　　時間可以帶走一切，「遺忘」可以使立場「扭曲」、「江山變體」，「敵人」變成「國賓」，當年兵戎相見的敵視如今變成兩肋插刀的胸膛。當開國紀念日——「元旦」又即將來臨，當「兩千多顆飛彈對準著胸口」，我們究竟「要發抖還是壯膽不害怕？」島嶼上全部的人都以煙火開心慶祝建國百年，唯有詩人以憂鬱的神經質問「不知是哪一邊哪一國？」在臺灣，究竟是誰有著「神經錯亂的意識流」，是誰有著「錯亂的神經延役麻木的軀體」，是誰在「煙霧迷漫」底下，「思路觸電」、「被電纜顛倒銜接的頭腦／惱怒著火」？憂國中的詩人有其反抗與堅持，以其神經質的敏感，聆聽神經質的島嶼。

　　岩上詩作中的「母親」從來不是嬌滴滴的女性，她是無辜的受難者，她的身體與一生受盡折磨，受自然災害也受歷史的災難；「父親」的缺席造就後世子孫多舛的命運。岩上以夢境寓言和年親的父親「相見」：「母親蹲在溪畔／洗滌我弄髒的衣褲／我忽然／望見一個模糊的身影／似年輕時候的父親／從水中流走／一張臉／向隔溪的母親／側望」父親只存在於在夢境書寫的虛幻裡，存於他被「流逝」的那一刻，「父親」雖然不曾出現，卻彷彿一直都在，影響著家族的命運，影響著詩人；從家族的父親到國族的父親，這位缺席者對島嶼的

認同造成百年的影響，它猶如幽靈始終籠罩著島嶼，揮之不去。

三、「行動」的身體：表演的藝術性‧暴力的政治性

　　身體的行爲在意識的包裝下往往能展現其行動，身體的行動是訴求、表達的，例如：遊行、演講，也可以是表演、藝術的，例如：舞蹈、演奏。表演的身體可以是日常，也可能具有藝術性與政治性，暴力的表現更可能具有強烈訴求。〈街頭藝人〉寫藝人流浪街頭表演，「街頭」是藝人表演與流浪、人群路過與駐足的多元空間，「街頭」展開的是表演場所，也是流落街頭的生命狀態；在流浪的時刻，人群永遠是路過、事不關己的，在藝人表演的時刻，「現出引人注目的造形／發出吸力的歌聲」，他的生命發光發熱，而此時，人群才願意給予「一步駐足的歇息」。藝人與路人在同一個空間中，呈現了一種身分之間的互補與衝突。在詩人看來，即使這個藝人只能「蟄身於熙攘晃動的人群裡」，他仍將街頭視爲舞臺，將表演視爲藝術。表演者能夠「現出引人注目的造形」以及「發出吸力的歌聲」，背後其實是不斷「雕刻自己」的過程，同時也是其藝術美學的展現。身體的行動雖然餬口爲目的，藝人可能更堅持表演背後的藝術性：

　　　　拍動心靈開花的
　　　　蝶翼，雕刻自己
　　　　現出引人注目的造形
　　　　發出吸力的歌聲

　　　　蟄身於熙攘晃動的人群裡，冷靜
　　　　搜羅，來往的路客
　　　　他不是魚鉤，不是釣竿

一尾搧動的
魚，隨著人群流浪

偶然路過的一點驚喜
要給你，一步駐足的歇息

一個悠遊後的顧盼
一枚硬幣
一張紙鈔
一臉陌生的牽動

當圍觀的群眾揚起手臂，投擲
一個美的拋物線花姿
風霜歲月中的
胃囊，就鏗鏘一聲
有了感謝的笑吻

〈街頭藝人〉（頁135-136）

街頭藝人如何知道自己的演出是否受歡迎？必須依靠群眾的表情與行
為來辨認。因此表演時，觀眾是否「駐足的歇息／悠遊後的顧盼／一
臉陌生的牽動」，無時無刻不提醒著「冷靜／搜羅，來往的路客」的
表演者，隨時配合觀眾的反應調整演出，「表演」是人被商品化的儀
式中，最初也最虔誠的開始，打賞成為最終也是最重要的反饋，因
為，表演最終需要填飽「風霜歲月中的／胃囊」。不過，僅管觀眾
與表演者之間具有利益性的互惠關係，但詩人仍然願意將「圍觀的群
眾」以及他們打賞「投擲」的錢幣──「美的拋物線花姿」，以美學
的高度看待，藝術的空間並不侷限於殿堂或街頭，一個在角落表演的

無名的身體，也能讓藝術發光發熱。

　　表演與犯罪，皆有著面向群眾的特質，犯罪像是另一種形式的演出，以黑暗的手段，面對社會，有所表達，邀請群眾觀看，彷彿一種黑暗的藝術：

　　　　燃燒起來的
　　　　情緒，開始冒煙
　　　　從鼻孔裊裊探索而出
　　　　火的觸鬚
　　　　接著眼睛吐出叫罵的聲響

　　　　大口爆裂的怨尤
　　　　有壯烈的氣燄
　　　　塞進耳朵裡，迴旋
　　　　煙與火交戰青赤的熱度
　　　　紅遍半天

　　　　世情的孔道，只隨汙水往下流
　　　　消防的水龍掃蕩，往上直射
　　　　激起火舌的憤怒
　　　　火神訕笑
　　　　揮灑水筆成狂草的蔑視

　　　　夢中的光彩
　　　　點亮熊熊輝煌身世的燃媒
　　　　一切犯罪的條文

到此撕毀，只有現場的
火咆嘯，噴射激辯的語彙

縱火者淪落在精神病院
沉地消磨藥物控制的時光
緊抓住一把灰燼，燃燒後的
呆，看著夕陽墜落
黯然消逝了餘暉

〈縱火者〉（頁139-140）

　　縱火大多是個人性的攻擊性行為，不受群眾心理影響。從詩作內容來看，「燃燒起來的／情緒」、「大口爆裂的怨尤」〈縱火者〉最初的動機，似乎來自報復與怨恨的心理。但若再往下看，我們會發現，縱火者的情緒發洩似乎是沒有對象性的。從詩作對烈火燃燒的「光彩」與「熊熊輝煌」，火光的燃燒更像是美學的展演。如果我們以「縱火狂」的身分視之，或可將之視為某種心裡的壓抑或訴求。詩作中我們無從得知縱火者的真正動機，只能感受縱火者帶著莫名的壓抑與無名火。而作者在詩中提出此種社會事件的處理方式：「掃蕩」、「直射」。「性慾」的暗示在此以消防水柱呈現，「性」的主導權掌握在主體，縱火者只能任其「掃蕩」：「消防的水龍掃蕩，往上直射」滅火者手持慾望的象徵前來滅火，水喉與火舌，形成弔詭的相似與對立，縱火者與消防員，兩方勢如水火，就詩作而言，水與火也則共築喧鬧的災難現場。

　　在〈縱火者〉現場，我們看見一場「火」與「水」的對話，在陰陽五行的生剋中「水能剋火」，火勢終究要被撲滅的。傾斜的世界讓汙水無聲地往下滲透，「世情的孔道」終究以撲滅、「掃蕩」的態勢取代共生共存。縱火者始終處在邊緣：在詩裡，他未曾出現在火場；在法院，他的身影模糊，激辯的話語全部來自熟悉法律條文的

專業人士，「一切犯罪的條文」文字顯示他是有罪的，他卻始終無聲；在精神病院中，他的餘生，和燃燒後的現場一樣，通通化爲灰燼，被掃入遺忘的歷史。縱火者以「縱火」作爲自身表述的語言，因爲他始終沒有話語權，社會的權力中心以犯罪、精神失常爲由，將之視爲社會主體以外的他者，更以「判決」的形式公諸大眾，再次剝奪他的人生。作者以「水」爲主流、火有其「壯烈的氣燄」、「大口爆裂的怨尤」，卻被水粗暴地「直射」而淹沒，壯烈的犧牲最後只留一把灰燼。縱火者的下場是符合社會期待的，因爲這是社會大眾對於邊緣者所採取的普遍觀點 —— 將之視爲麻煩人物，判定他有精神問題（而不是深入了解他的問題）把他處決、隔離，作者並非贊成縱火者的作爲，但對其行爲背後被遮蔽與不被了解的動機，有著深切的同情。

四、「裸」的身體：物化的商品・觀看的權力

　　岩上的詩極少對自己身體觀看與描寫，〈在旅途某飯店浴室裡〉卻記錄下自己的肉體，在「裸」的隱喻中，有絕假純眞的喪失與年華老去的痕跡：

> 驚覺全身裸露
> 抛在前後左右的鏡子裡，我
> 無所逃脫，被監視的
> 恐懼
> 自己嚇呆
>
> 層層疊疊的互相映應
> 哪一個才是
> 真實的自我？

　　試圖做出一些強壯有力的姿勢

　　激濺的淋浴水柱

　　掃射我，歲月蒼老了的肌膚

　　沒有衣物掩飾的

　　軀體，畏縮

　　無法面對他人

　　這個世界，我們不都是赤裸裸來的嗎

　　然而，我現在走出去

　　一定成為一個被抓起來的

　　瘋子

〈在旅途某飯店浴室裡〉（頁228-229）

作者看見自身，一具因時間變老的男性身體，肉身的存有在異國的浴室鏡子前顯得像他者一樣陌生。這一個身體竟然是「我的身體」，是「沒有衣物掩飾的」、「裸露」的「軀體」，是「歲月蒼老了的肌膚」、「無法面對他人」的身體。裸體是每一個人最初來到世界最真誠的樣子，但長大成人之後裸體成為某種「原罪」，為此制定了妨害風化的法則。詩中的裸體暗示世人不能接受赤裸的真相，赤裸身體出門的人「一定成為一個被抓起來的瘋子」，一個願意講真話的人，想必也是如此。

　　〈在旅途某飯店浴室裡〉是作者對於自己的「裸體」觀看，也是作者對人類原初之「裸」的詮釋：人類最初的「裸」彷彿真理的敞開，當人類「穿起衣服」，真理即已隱蔽。裸體在西方，一直具有審美化的特質，在伊甸園的寓言裡，是原始、純真的自然象徵，希臘美術以「裸體」讚揚身體的力與美在東方則受道德標準所訓誡。離開藝術與宗教的框架，一具自然樸素、隨歲月而蒼老的裸體是不能被世

人接受的，只有商品包裝下的裸體人人都愛，若將「裸」置於現代化語境下，「裸」成為全球化的商品消費中、重要的鍊鎖之一。作者在〈廣告的肌膚〉中以「裸」的雙關語，使用愉悅的語言描述全球化資本主義對於「裸」的奉承，廣告引導觀者對於商品的消費與崇拜。「裸」在詩中既代表裸體，也是裸妝，「裸」的概念指涉二義：一是身材與體態經過技術的規訓，適用於模特兒走向伸展臺、平面廣告上的拍照角度，成為性感的符號；二是模擬，化妝品的效用能使肌膚產生嬰兒粉嫩的「裸妝」，是採用化妝術模擬出的第二自然。「裸」被符碼化，重新建構成性感的語言；「裸」也被反向利用，以粉飾的方式模擬出「裸」的效果。以〈廣告的肌膚〉為例，詩中的「裸」融合了兩者：

> 裸的我　占領全部版面
> 亮澤水透　如秋波
> 天生宛若　一定另有物造形成
>
> 顛覆你的廣告用語，因為
> 妳很詩
>
> 透過眼眸，妳的胴體綻放光芒
> 尚未注意妳的代言商品
> 我很濕
>
> 物要滲透肌膚裡內
> 妳是一層亮麗的薄膜
> 一片水的亮透張力
> 妳看著我，很真

深邃又透明
任何角度都不眨眼

商品物的拋售才是妳的現實
系列的擺設
在妳水透的肌膚裡
沉默

NEW蜜粉底光柔礦物水感
淡化我朦朧的眼睛，美在水波之外

〈廣告的肌膚〉（頁129-130）

「亮澤水透」、「天生宛若」、「深邃又透明」就是美顏廣告中最常用的眼妝效果，畫報中的人物是一個表演者，既被觀看，同時也凝視讀者，讀者以為自己在觀看，事實上自己也被觀看。究竟誰在觀看？在觀看的過程中，「妳看著我，很真」，在觀者與表演者之間，什麼是真實？「廣告是關於社會關係，而非物品。它的承諾跟享樂無關，它的承諾是快樂：快樂是由別人根據你的外在所做的判定。魅力就是擁有讓人羨慕的快樂。」[20]廣告暗示消費者，通過購買即能達成眼前所見，「廣告說服我們追求這樣的改變，它讓我們看到改變後的明顯實例，那些人（廣告中的模特兒）看起來如此令人羨慕。『令人羨慕』是這項改變的魅力所在。而廣告就是製造魅力的過程。」[21]

　　裸體的美麗與無瑕，在現代化的語境下成為性與感的象徵，所

---

[20]　約翰‧伯格著、吳莉君譯，2010年，《觀看的方式》，臺北市：麥田，頁158。
[21]　同上註，頁157。

以「妳的胴體綻放光芒／我很濕」互文性的安排，充滿了情色的暗示。完美的形體是被建構的、形象是被異化的，這種虛假、扭曲的現象恰恰嘲諷了「裸」最初所要指涉、不加雕飾的自然；同時，這種將人物化的意識型態卻舒服地「滲透肌膚裡內」，讓消費者在不知不覺中，「淡化我朦朧的眼睛」，看不清楚廣告用語的虛構性，也看不清楚商品「拋售」的現實性。

〈監視器幽靈〉中「裸」成為人類被觀看的隱喻。「監視」一直是人類觀看系統中重要的一環，古典時期中國有廠衛制度，西方有祕密警察，現代化國家多有情報局。有了監視器（或者完善的網路與監聽系統之後），人類將觀看的機制交予機器，在國與國之間、在國家的體制之內，以法律與公義的描述將觀看的權力交由法律允許下的公部門準確地執行。「觀看」成為權力者的身體語言，觀看已從封閉式的機構如監獄、學校與醫院，轉而成為一架架在街道空間中、不受注意的小洞孔。在〈監視器幽靈〉中，人類的身體不再是主體，身體化約成權力觀看的客體、權力行使的對象，身體不用再接受馴化，因為人類的身體很早就開始接受機器的馴化：遵守交通規則、接受醫療檢驗、搶購刷卡付錢、槍擊掠劫、自盡投降，關於無所不在的路口監視器，詩人只用「麻麻的」、「不自在的全身」來形容，1984遲到的預言，終究還是以科技形式成功達陣：

感受麻麻的
不自在的全身是什麼在注意你嗎？
老跟隨身旁的
一具具幽靈

走路，小心被車子撞倒？
（嗚伊嗚伊／救護車來了）
開車，不要闖紅燈？

（機車汽油和血濺倒在十字路口）

購物，小心不要忘記付款？

（有人偷竊／搶劫）

二十四小時繃緊的視覺神經，姿態陰黑

與麥當勞／7-ELEVEN同等級量亮度的正大光明不同

不閃不爍，無感不覺的抽搐

一年四季風吹雨打日曬下雹降雪

瞪眼注視，從不閉目

養神的

警察

遠離現場異域（烽火一遍），在

派出去的住所裡

觀望監視

〈監視器幽靈〉（頁176-177）

　　監視器使人眼見為憑、讓「證據」說話，使人啞口無言，在監視器顯影的影像中，執法者得以制裁違規的市民，在監視器看不見的影像中，執法者可以放縱貪汙與黑心。岩上曾在〈一切的禍害都無罪〉中直言：「一切的禍害都無罪／只有受害的有罪」，而「一切的禍害都無罪／因為沒有證據／沒有證據如何定罪」。[22]監視器中的影像真的是論罪證據嗎？或者只是給予權力者方便行事的道具？監視器一年四季無休，警察因此得以「閉目／養神」，甚至「遠離現場異域」的烽火，不必涉險。這是一個全面監視的世界，「觀望」是唯一

---

22 岩上，〈一切的禍害都無罪〉，《針孔世界》，頁188-190。

的角度，所有的人在監視器的注視下，行為被赤裸地觀看，個人隱私無處躲藏，這個社會以窺探的方式進行破案，以正義的語言遂行窺伺的行為。

　　從自身的裸體、商品包裝下、被欣賞的廣告裸體，一直到全民被權力觀看的赤裸隱喻，這個世界已從〈針孔世界〉與〈性愛光碟風暴〉[23]中針孔攝影機的祕錄方式，進行到全面公開化的監視，這是個不能接受赤裸真相與身體的世界，直接與赤裸的語言只會被視為瘋狂；人們愛的是經過雕塑與訓練、玲瓏有致如模特兒般的裸體，這是一個熱愛包裝與展示的時代，以權力者的角度來看，這更是一個窺伺的世界，以主體為中心窺伺邊緣，以權力的語言霸凌一切。

結語

　　以上述幾個身體的面向來觀察岩上的詩，在《變體螢火蟲》及其同名詩作中，透露著岩上對人生不斷轉化與提昇的自我要求，他自言：「如寫螢火蟲，希望燃燒自身的能量成為光體，這種光體是激情的錘鍊，不是虛無的幻像。」[24]這種轉化由本體出發，期待變成一種能量——「光」，光的形象有如詩行，來自詩心的熱能，也映照著世界。從另一個角度觀看，岩上習拳四十年，詩與拳與道的義理，在他看來是一致的：

> 練太極拳從懂得分陰陽虛實開始，到陰陽虛實的交換相濟的變化；虛實神會乃太極拳行功之重心。文心雕龍‧神思所云：「意翻空而易奇，言徵實而難巧也」，「神用象通」強調詩文的思辯如神之巧妙，從虛意翻轉到神

23　此二首詩皆收錄於岩上，《針孔世界》，頁132-133以及頁177-179。

24　岩上，〈變體螢火蟲‧自序〉，《變體螢火蟲》，頁23。

　　　　思之虛到物象之實的通融變化，以虛為本，以神為境乃
　　　　詩學的理想境界；以形（實）傳神（虛）更是詩學審美
　　　　心理結構形成的重要作用。是以從本體論觀測，詩學與
　　　　太極拳的精神與內在機理。不但文武不違悖，實有貫通
　　　　之融攝理氣在。[25]

　　從身體的感官與器官所能傳達隱喻來看，我們可以發現詩人在書
寫身體的過程，與其說他關注身體的美好，不如說更看重時間在身體
上留下的痕跡，而且多是傷疤的痕跡，代表著疼痛、傷害、歷史的記
憶與命運的旅痕，這個疤，烙印於母親的身上，影射了土地與國族的
書寫。而當詩人書寫街頭藝人表演、縱火犯行凶，我們發現詩人關注
的，不是伸展臺上被規訓完美、精緻的身體，詩人愛重的是這些活在
社會底層的素人，他們不懂得裝模作樣，不會作秀，沒有舞臺，但是
在生活不斷糾纏與擠壓下，在風雨中不斷自我鍛鍊的身體，他們有所
求的行動，更接近生命真實的姿態。身體有其記憶，也有其慣性，是
以當我們在旅行中，透過感官凝視外在，身體成為我們認識世界的觸
角，而如何認識這個世界，生活與生命究竟何為，這個過程總讓我們
以身體採取行動，回應世間。
　　岩上在超過一甲子的創作生涯中，不斷以其精神、身體及語言，
體驗、沉浸、銘刻於人間，詩寫的身體總有其觸摸、試探世界的時
刻，寫詩的身體也有其回應、感受世界的語言。本文僅從身體作為切
入的視角，無論是以器官感官為隱喻、行為行動來觀察，或將生命狀
態隱喻成身體各種面向，我們皆能發現，詩人以語言讓這個世界自己
「說話」，世間是靜默的，萬物卻無時不在表達，在〈冬樹〉中：
「冬雪冷寂覆蓋／一切淨白／不再有任何的負荷／孤獨的枝椏放了手

25　岩上，2006年6月，〈述論詩與太極拳美學〉，《文訊》第368期。

／一樹孤立／落盡了落盡／不再言說的滄桑／冷冽中的一點白／雪白中的一滴血／奔流／延伸／在根中」[26]，詩人讓萬物為人生說話；在〈阿里山日出〉中：「玉山巍峨靈顯，光明／在望多少悲苦，撕碎／歷史的黑黯的森林／就是希望要吸納這份光／從心中照亮咱們的主權」[27]，詩人讓土地為人民說話。本文僅以《變體螢火蟲》中從「身體」為觀點切入岩上詩作，即已發現其中種種以身體為主題、題材或者隱喻手法、豐富且多元的表達，若要更深入其作品，實非僅以「身體」一個切面所能盡言。本文以身體作為初步觀察，相信未來若深入此一面向，對其一系列的作品，則能有更詳細與完整的分析。

引用書目

作者專著

岩上，1990年，《台灣瓦》，臺中：笠詩刊社。
──，1996年，《詩的存在》，高雄：派色文化。
──，1997年，《八行詩》，高雄：派色文化。
──，2000年，《更換的年代》，高雄市：春暉。
──，2003年，《針孔世界》，南投：南投縣政府文化局。
──，2007年，《詩的創發》，南投市：南投縣政府文化局。
──，2014年，《另一面》，南投：南投縣政府文化局。
──，2015年，《變體螢火蟲》，臺北：遠景。
──，2015年，《詩的特性：岩上現代詩評論集》，南投：南投縣政府文化局。

---

[26] 岩上，〈冬樹〉，《變體螢火蟲》，頁60-61。
[27] 岩上，〈阿里山日出〉，《變體螢火蟲》，頁58-59。

作者文論

岩上，2006年6月，〈述論詩與太極拳美學〉，《文訊》第三六八
　　期。

（參）（考）（書）（目）

約翰・伯格（John Berger）著，吳莉君譯，2010年，《觀看的方
　　式》，臺北：麥田。
米歇爾・福柯（Michel Foucault）著，劉北成、楊遠嬰譯，1999年，
　　《規訓與懲罰》，北京：三聯書店。

一般論文

吳晟詩中的生死關照

陳文成

國立臺北教育大學語文與創作學系助理教授

摘要

　　詩人吳晟是九年國民義務教育後，臺灣五六年級生印象中少數熟知的本土詩人。臺灣在1949年國民黨政府親政下致力於大中國思想的傳播，透過教育部部編本進行學童思想主導，但仍穿插部分比例的溫情詩篇，詩人吳晟的〈負荷〉一詩即是特例。因被選入一綱一本的教科書成爲是時的「國文課本作家」。際此，吳晟應該是臺灣解嚴前，閱聽人在以余光中、洛夫、瘂弦之外最爲人熟知具備本土關懷之「臺灣」省籍詩人。2014年吳晟出版《他還年輕》，詩作結合自然農作的時序，看穿生死寂滅的際遇內容其實十分突出，卻鮮爲人所討論。本文將檢視吳晟生死詩美學，並審視其稻作精神內涵之根源與特色。

關鍵詞：吳晟、稻作文化、生死關照、寓言詩

Life and Death in Wu Sheng Poetry

Chen Wen-Chen

Summary

Wu Sheng, a poet, was one of the few well-known local poets in the impressions of Taiwan's fifth and sixth graders after nine-year compulsory education. Under the pro-government government of KMT in 1949, Taiwan devoted itself to the spread of the thought of the great China. Through the compilation of textbooks by the Ministry of Education, the thinking of schoolchildren was dominated. However, some proportionate warmth poems were still inserted, and the poem of Wu Sheng special case. Because of the textbook selected as a textbook became the "Chinese textbook writer." In this connection, Wu Sheng should be Taiwan's pre-trial martial lawyer, reading people who are most familiar with "Taiwan's" provincial-level poets who have local care outside Yu Guangzhong, Love, and Chu string. In 2014, Wu Sheng published "He is still young," and poetry combined with the timing of natural farming. In fact, it is very unusual for people to see the fortunes of life and death. This article will examine Wu Sheng's life and death poetry aesthetics, and examine the roots and characteristics of its connotation.

Key words: Wu Sheng, rice culture, life and death, fable poetry

一、吳晟詩人位置與文本特質

㈠語言淺白不等於詩味稀薄

　　詩人吳晟是臺灣五六年級生所熟知的本土詩人。[1]臺灣在一九四九年後藉由中國戰場潰逃轉進的國民政府親政，並致力於大中國思想的傳播，1970年代前後興起的所謂本土意識，依舊是傳達長江黃河的所謂故土。透過教育部轄下的國立編譯館[2]部編本進行教育政策之傳播，在1998年李登輝總統執政前臺灣本土教育並未落實，若出現本土詩人作品，內容亦多以親情主題傳達為主，如詩人吳晟的〈負荷〉，[3]在國立編譯館時期，因被選入初等教育之小學校教科書，而廣為這群受到九年一貫國民教育的莘莘學子熟知，成為大家知悉的「國文課本作家」，際此，吳晟應該是1998年臺灣戒嚴解除前，閱聽人在余光中、洛夫、瘂弦等外省籍詩人之外，少數有記憶點的本省籍作家。

　　黑格爾《美學》曾提及：「詩的想像，作為詩的創作活動，不同於造形藝術的想像。造形藝術要按照事物的實在外表形狀，把事物本

---

[1] 泛指西元1950～1969年戰後出生的嬰兒潮世代。

[2] 國立編譯館是中華民國曾成立的國家圖書編譯機構，隸屬於教育部，負責學術文化書籍、教科書以及學術名詞的編輯翻譯事務，但其編譯成果的效力隨時代而有不同。在1997年教育部開放民間出版商編印教科書之前，國立編譯館還是中華民國各級中、小學教科書的唯一供應者。國立編譯館於1932年成立，2011年併入國家教育研究院。https://zh.wikipedia.org/wiki/%E5%9C%8B%E7%AB%8B%E7%B7%A8%E8%AD%AF%E9%A4%A8 （上網時間2016/6/4）

[3] 下班之後，便是黃昏了
偶爾也望一望絢麗的晚霞卻也不再逗留
因為你們仰向爸爸的小臉
透露更多的期待（吳晟詩〈負荷〉節錄）
吳晟，2000，《吳晟詩選（1963～1999）》，臺北：洪範，頁141-142。

身展現在我們面前；詩卻只是使人體會到事物內心的關照和觀感，儘管它對實在的外表形狀也需加以藝術處理。」[4]吳晟文字樸實明朗，雖多有說明性的散文化傾向，但語言是溝通的橋樑，特別是吳晟的詩，語言因其簡潔而清晰，更可做到一種雙向的良好互動，誠如黑格爾所述，是爲詩人吳晟之關照與觀感。王國維所謂隔與不隔，是境界上的說法，在新詩上的鑑賞，太多詩人以「想像空間」爲由，創作或以無意義的字詞堆積出一些柏陽口中「打翻鉛字架」之所謂現代詩，使讀者產生隔閡，實在令人不敢恭維，也成爲詩文學教育推廣上最大的殺手，殊不知想像空間，其實也該有一定的聯結才能成立。

　　語言的暢達確是現代詩的先決條件，但在這基本條件確認後，常常問題才開始，克服了「怎麼寫」意味進入了「寫什麼」的考驗。白居易要求語言上的平易，多在作品中實踐，就連一九八四年當渡也在批評席慕容作品時，也找出席詩之所以吸引讀者的關聯，如「語言平淺，內容並不艱深難懂。」以及「詩句流暢，十分順口。」[5]的文字特色。當語言有效的與讀者溝通，交流才存在，也是作品影響力發酵的開始。詩語言一度被誤認爲怪誕晦澀，甚且不知所云的文字垃圾，就連素以小說創作聞名的小說作家林雙不，也站出來說出他認爲「眞正的詩」：

　　　　我以爲眞正的詩，必須以平易淺白，清楚明朗的生活化字句，表達詩人置身的土地上大多數人的生活、思想與感情。我以爲眞正的詩，要能在詩人的鄉土上朗誦吟唱，在街頭、在市場、在廟口、在工廠，詩人的同胞都聽得懂，都喜歡聽，都覺得詩人講出了他們心底的渴望與感受。……我以爲眞正的詩，要與廣大同胞的生活緊

4　黑格爾，《美學》，第3卷下冊，香港：商務，頁187。
5　渡也，1995年，《新詩補給站》，臺北：三民，頁24。

密結合，通過對同胞疾苦的反映，讓同胞有所紓解與
安慰，讓權力過局有所警惕與啓發，讓社會更合理更公
平、更正義更美好。[6]

小說家爲詩壇發出的不平之鳴，轉而以新詩的形式來面對讀者，這種
用心，也被吳晟在主編《一九八三台灣詩選》時感同身受，並支持
小說加以其語言跨足詩領域，並期待對詩壇語言有所改變，林雙不
說道：「夢回台灣／回到我們的宜蘭／驚醒後／異國的夜晚／已闌
珊」[7]其中對民眾疾苦的反映，以及對當權者的對抗，特別是在語言
上的明朗，在在都是詩的實踐，且試圖建立他心目中「眞正的詩」之
典範。

美國著名的人類學者薩丕爾(Edward Sapir)在《語言論》中說：
「語言的背後是有東西的，而且是不能脫離文化而存在的。」[8]吳晟
背後的文化底蘊，無疑是稻作文化（rice planting culture）所影響，
當然創作者一般皆爲不自覺的創作者，經常是成品完成公開發表，自
己不知道詩作內涵其實來自於詩人的食、衣、住、行、育樂。吳晟是
一爲誠懇的創作者，自然不知學院諸多定義與規矩，但他知道在課餘
時協助農忙，觀察母親與村人的日常作息，便已得知踏實生活的人生
樣相。

吳晟對詩語言的要求曾有這樣的說明：「語言淺白也並不等於詩
的味道稀薄，某些詩人爲以往失敗的實驗作品振振有詞的辯護：技巧
無罪，誠然，但語言淺白，意象單純又何罪之有？清楚準確的表現手
法，總比意象混亂模糊，語意晦澀曖昧，意義大打謎的作品，更值得

6　林雙不，1984年，《臺灣新樂府》，高雄：敦理，頁3。

7　同上註，頁81。

8　Sapir E. Language: An Introduction to the Study of Speech, New York: Harcourt, Brace, 1921, P. 221.

提倡；也比一味奉隱喻為高明技巧，掩飾怯懦，以含蓄當藉口，不願或不敢直接正視真實的人生和社會的作品，更值得賦予較多的期待吧。」[9]

　　語言的晦澀其實是思想的晦澀，語言的明朗自然背後擁有健康的詩想，吳晟的詩著眼於土地與人，且認為做人就該實在做事，如何做事對社會有積極貢獻呢？是想辦法讓自己成為一個真正「有辦法的人」，不妄想高遠且不可及的幻象，著眼於對土地的關愛，儘管離得再遠，也都會是吳晟眼中〈有用的人〉：

> 去年年底
> 令人禁不住顫慄的寒氣
> 佔據了整個家鄉
> 你寄了一張照片回來
> 並在信上說
> ——明春學成之後，我必歸去
> 回鄉後，但願是一個有用的人
>
> 照片中的你
> 佇立在異國白茫茫的雪地上
> 凝神眺望著遠方
> 如一株獨自忍受陰冷的杉樹
> 一定是鄉愁太濃
> 凝重了你的眼神吧
> 一定是你心愛的家鄉

9　吳晟主編，1984年，《一九八三臺灣詩選》，臺北：前衛，頁4。

使你憂心的事太多
消瘦了你吧

那年在國際機場向你揮別
海闊天空的嚮往
時時在你飛揚的眉宇之間閃露
你到底憂心什麼呢
短短幾年的別離
竟連你明朗開闊的前額
也刻下那麼多憔悴

當某些逃避苦難的風尚
在家鄉暗中流行
你卻堅定的說
——明春學成之後，我必歸去
當各種欺瞞的花樣
在家鄉逐漸普遍
無非急於成為有辦法的人
是多麼深的憂慮啊
催促你苦苦磨鍊自己
回鄉後，但願是一個有用的人

你不祇是說說算了
今年初春的陽光
終於陪伴你悄悄歸來
沒有好聽動人的演說

　　　　沒有氣派豪華的盛宴
　　　　你終於悄悄歸來
　　　　畢竟，你不是回來接受掌聲和欣羨的
　　　　歸國學人

　　　　初春的陽光下
　　　　和你併坐在家鄉的田埂上
　　　　一大片開始抽芽的秧苗
　　　　也靜靜傾聽
　　　　你在異國對家鄉的種種懸念

　　　　初春的陽光下
　　　　沿田邊潺潺而去的流水
　　　　一再重複我們的信賴
　　　　──做個一個對家鄉有用的人
　　　　做一個對家鄉有用的人……[10]

這些有用的人背負著鄉人或自己的期待，悄悄歸來，不需要掌聲和獻花，不願做那大多數虛有其表的「歸國學人」，在吳晟看來，其也並非「學人」，而是實實在在的「有用的人」。透過敘事結構娓娓的文本陳述，可像一股並不強勁水流般，默默的成為地下的伏流，以故事及其完整的寓言交代生命裡傷痛的情節，並儆醒所有心存土地現實的閱聽大眾，對生命裡的理解與同情給予高度關注。這些人物及情境的鋪陳，減低了一般對吳晟詩作散文化冗長且概念的詬病，為人生樣貌

10　吳晟，2000年，《吳晟詩選（1963～1999）》，臺北：洪範，頁33-37。

的眞實而敘寫的詩篇，才會眞正的撼動讀者吧，在吳晟的作品裡，我們看到的是生活的眞實，生命自我實踐的履痕。

㈡《向孩子說》：生命關懷的起點

一九八五年洪範版《向孩子說》，收錄了詩人作品三十六首，2000年吳晟自編《吳晟詩選1963～1999》時，《向孩子說》該卷「選出自認爲詩藝表現上較完整，耐讀詩作」計十六首，其間〈說話課〉並未輯入，該詩以「即然要說話／就說自己的眞心話／而不是背誦／別人拿給你的講稿」[11]說明踏實人該做踏實的事說踏實的話。《向孩子說》傳達了吳晟殷切的期望，是爲對土地關懷的起點，吳晟藉由對孩子的言說，間接表達了對環境的不忍和對小孩成長的疑慮，成爲吳晟政治關懷的主體敘事，〈成長〉[12]明白詮釋環境與孩子的互爲因果，希望孩子們長大成人後，知道尊重，感恩與惜福之道，並勉勵要多注視小草的成長，莫成爲眾人圍觀的花卉。更提醒小孩子們「不要看不起」沒有顯赫身分的阿公以及詩人本身，而最重要的，是不要看不起自己，出生在鄉下，是阿公及阿爸一脈相傳而下，資源貧脊的農村小孩。

「向孩子說」該卷最精采的呈現，莫過於〈蕃藷地圖〉，[13]在吳晟的詩中講究傳承與衣鉢，不是財富的延續，而是精神樣貌的展延，多難的歷史，先人艱困的腳步，汗滴徒路的酸辛，都成爲詩中所

---

[11] 吳晟，1985年，《向孩子說》，臺北：洪範。頁128。

[12] 在沒有掌聲的環境中／默默成長的孩子／長大後，才不會使盡手段搶鏡頭／不習慣遭受冷落

在沒有玩具的環境中／辛勤地成長的孩子／長大後，才不會將別人／也當作自己的玩具

在沒有粉飾的環境中／野樹般成長的孩子／長大後，才懂得尊重／一絲一縷的勞苦／才懂得感恩

當多數人圍著奇花異卉／齊聲讚頌／孩子呀！你們要多注視／隨處強韌地生長的小草

吳晟，2000年，《吳晟詩選（1963～1999）》，臺北：洪範，頁143-144。

[13] 吳晟，1985年，《向孩子說》，臺北：洪範。頁128。

寓意而傳達的地景圖象。「默默接下堅韌的扁擔／挑啊挑！千挑萬挑／挑起這一張蕃藷地圖」[14]就如同「阿公從阿祖／一步一步踏過來好艱苦」[15]譜寫農人的鄉情鄉事，筆端帶有感情之外，更有細緻而深刻的思索。

　　「向孩子說」一字一句都銘心刻骨，傳達了父親對子女的深深喟嘆。吳晟的自怨自憐，其實是另一種堅強的隱喻，雖然他曾說自己「不喜歡說漂亮話」，[16]然而最乾淨的語言，就是最好最漂亮的語字。〈阿爸偶爾寫的詩〉[17]，只是偶爾寫詩嗎？這些偶爾寫的詩，是一種蓄積的情感與不忍。吳晟說自己的詩常是出自自己的「疼痛」，[18]因為痛而呼告，進而對他者進行反撲，所想像寫詩待來的，不是掌聲，也無意得來歡呼和讚嘆，更不屑寫著「華麗迷人的詞句」，只想著如何展示「安分而無甜味的汗水」。[19]

　　一喚三顧是吳晟詩作情感緘密的緣故，亦是其作品能夠深入人心獨到之處。詩人多能以熟悉事件為象徵連接故事的敘寫，頗見章法，吳晟的小敘事詩型內裡飽滿著人物與事件，藉由情節的開展演出一幕幕扣人心弦的景觀與情緻，日常生活日常人物更多來自身邊我們都可目擊的小人物，我們可以看到其母親以農婦的大地之母的寓意延伸，更可以看到詩人自己面對生活時甜蜜的負荷，在向孩子說理的當中，孩子亦入鏡擔綱。〈不要忘記〉[20]中，孩子們的童稚行為成為詩人思考的起點，這個起點，同時也造就了吳晟，「再見吾鄉」時期，一個儆醒的起點與觀察。

14　同上註，頁159。

15　同前註。

16　同上註，頁165。

17　吳晟，2000年，《吳晟詩選（1963～1999）》，臺北：洪範，頁164-165。

18　同上註，頁290。

19　同前註，頁165。

20　同上註，頁177-178。

　　胡塞爾曾說：「正如每個人在與他人溝通時也通過同感而得知，他人在他的經驗中也經驗到自己所經驗的東西。因而我們所有人都具有一個被經驗到的世界，我們擁有它，這就是：在我們每個人之中，意識都以某種方式具備了某種風格的經驗，即以某種方式組織成雜多性和統一性的風格，而在這種風格的經驗中，『這個』世界展示給我們中的每個人。」[21]吳晟詩作透過自身經驗傳達臺灣農莊地貌的實際場域，是一種風格的映現，更是一種臺灣群眾生活具體的取材與樣相。

二、生死主題的環境觀照

　　《向孩子說》出版於1985年，距今三十年，詩人吳晟的關照層面擴及家鄉之外的土地，如六輕、核安等等公安或自然生態環境的反思，但大多時候則為個人心路的寫照。吳晟是個對詩誠實的藝術家，他喜慣用大家都懂的話語跟多數人溝通，然而，在夜深或者靜默時刻，面對肉身在體內逐漸的衰敗，他選擇了什樣的方式來令自己安居呢？

　　評論家宋田水曾引述曾建民的說法，認為吳晟創作精神來自「稻作文化的民粹精神」[22]，並引伸瓜地馬拉諾貝爾文學獎阿斯杜里亞斯[23]及其名著《玉米人》，說明玉米其作物有人的靈性，因而足以生

21　（德）埃德蒙德・胡塞爾著，〈現象學與認識論（1917年）〉收錄於其著，美）托馬斯・奈農、（德）漢斯・萊納・塞普編，倪梁康譯，《文章與演講》（胡塞爾文集），（北京：人民出版社，2009年5月），頁185。

22　宋田水，1995年，《「吾鄉印象」的鄉土美學》，臺北：前衛，頁130。

23　米格爾・安赫爾・阿斯圖里亞斯・羅薩萊斯（Miguel Ángel Asturias Rosales，1899年10月19日－1974年6月9日），《玉米人》，隨後由季英中譯，林盛彬 導讀，臺北市：桂冠圖書公司，1997年。https://zh.wikipedia.org/wiki/%E7%B1%B3%E6%A0%BC%E5%B0%94%C2%B7%E5%AE%89%E8%B5%AB%E5%B0%94%C2%B7%E9%98%BF%E6%96%AF%E5%9B%BE%E9%87%8C%C4%BA%9A%E6%96%AF　（上網時間2016/6/4）

養子民，亦即是你我食用的稻作，自然也充斥著土地的靈魂，我們如
何不感恩？[24]自然萬物榮枯有時，造化一切莫非自然，吳晟的〈生平
報告〉說：

> 如果容我自己安排
> 最後離去的場景
> 我願默默告別
> 免去生平報告
>
> 像一條鄉間小圳溝
> 依循何道、潺湲而流
> 自然消失在陽光或星光之中
> 也許沒有人發現
>
> 季節如世代更迭
> 一條小小的圳溝
> 不曾翻覆起驚濤駭浪
> 只是流過耕作的田野
> 偶爾也遭遇
> 藤蔓糾葛、土石攔阻
> 總是認分地調整水流
> 每一轉折
> 和世界相處的方式

24　宋田水，1995年，《「吾鄉印象」的鄉土美學》，臺北：前衛，頁130。

確實曾盡力
潤澤沿岸所及的土地
伸長了手臂
想要付出，澆灌更大片的生機

但也浮動過不少
羞愧的倒影
沒有勇氣招供
就一併沉積成泥吧

滲入地底
消失了的河道
若有什麼值得提起
該是沿途相伴的美好景致
困頓時、歡欣時
潺潺哼唱的曲調
迴盪著；終於
一條小河唱累了
就此歇息[25]

吳晟採取寓言的體例向世界預示他的想像，寓言詩（fable poem）常透過敘事的陳述來訴說故事之語境，陳蒲清認爲：「我們認爲寓言有兩個必不可少的要素：一是它的故事，二是它的寓意。拉封丹把前者

---

[25]　吳晟，2014年，《他還年輕》，臺北：洪範，頁52-54。

比作寓言的軀體，把後者比作寓言的靈魂。」[26]然而，「敘事詩和寓言的差別，跟小說、戲劇和寓言的差別一樣，主要在於它們沒有另外的寄託。」[27]以此觀之，寓言詩必須把握故事與寓意雙重特性，方才成立。敘事傾向一項是吳晟彌補其文字過於散文化的最優化工具，敘事詩的呈現也成為他在故事中擺放寓意的絕佳搭配，〈生平報告〉中吳晟幫自己安排一個不去打擾他人，或星光或月光不想令他人發現的場景，也自詡為「一條小小的圳溝／不曾翻覆起驚濤駭浪」，縱然生命中總有不可橫逆的阻礙前來，也總能欣然面對，與其和平相處。生命向一條歌唱的小河，有一天累了，就很自然的歇息罷。詩人吳晟的生死觀如此豁然，隨境遇而生滅，在生命之河當中，不想加以抵抗。

三、悼亡詩的生死懷想

吳晟的〈告別式〉寫的是一己對身後事的想望，寓意自己百年後，不希望再有毀損百年大樹的機會，直接火化要葬身在自己手植的樟樹下化為它的枝與葉，並容許想念他的人前來靜坐散步與詩人心靈交匯，敬謝一切不必要的繁文縟節，當然更重要的是，詩人若留下幾句「心血凝結的詩作」，就做為詩人的墓誌銘罷。

　　一副棺木
　　一株珍貴百年大樹
　　軀體既已喪失性命
　　何忍再糟蹋任何生靈

---

[26] 陳蒲清，1992年，《寓言文學理論·歷史與應用》，臺北：駱駝，頁11。

[27] 同上註，頁59。

請直接火化
骨灰埋在自家樹園裡
我親手種植的樟樹下
也許化身為葉、化身為花

偶爾有誰想念
來到樹下靜坐、漫步
可以聽見我的問候

不必佔據一小塊墳地
不必擠一小格厝骨塔
也不必立碑刻文
我終生心血凝結的詩作
幸而留存二三行
還有人吟誦
不妨當作墓誌銘

千萬勿焚燒紙錢
徒然耗費大地資源

即使有所謂幽冥世界
我從不探究縹緲來世
只願在生之時善意相待

輓聯輓幛花圈
悼辭千篇一律

　　獻花獻菓獻酒、虛應一番
　　請務必謝絕
　　我從不作興擺場面

　　無需寄發訃聞勞動親友
　　如有少數故交不經意問起
　　才順便轉告

　　我仍愛惜人世，但不眷戀
　　無論老去的姿勢是否中意
　　該走的時候
　　請容我靜靜離去，悄悄告別

　　如果臨走時不禁流了淚
　　啊！請勿受感染
　　那是我不知如何割捨
　　綿綿密密的牽掛
　　那是我不知如何表達
　　償還不盡的恩情[28]

這首詩可視為詩人吳晟一種鏡像的自我投射，自書懷抱以自況，十分
動人且可觀。「自我是在與另一個完整的對象的認同過程中構成，
而這個對象是一種想像的投射：人通過發現世界中某一可以認同的

---

[28]　吳晟，2014年，《他還年輕》，臺北：洪範，頁48-51。

客體，來支撐一個虛構的統一的自我感。」[29]拉康（Jacques Lacan，
1901～1981）所謂的鏡像世界，建立在其精神分析之理論上，透過
鏡像的投射，吳晟也從已故友人的詩作中呈現其生死的觀點。寫吳晟
母親的〈汽水〉：

> 從急診室
> 推進手術房之前
> 你只重複講一句話
> 我要喝汽水
> 我們卻遵照醫師囑咐
> 只是哄著你
>
> 從手術房
> 推入加護病房之後
> 你持續昏迷
> 再也沒有機會
> 喝一口汽水
>
> 那最後的要求
> 是你一輩子
> 留下多少勞動的汗水
> 經常口渴
> 最最卑微的需求
> 而我們自以為是，不給你

29　陸揚，1998年，《精神分析文論》，山東：山東教育出版社，頁153。

> 你離去之後
> 日夜如常悄悄輪替
> 時序如常靜靜推移
>
> 我們如常作息
> 然而悲傷，附生在那一句話
> 總是一次又一次
> 讓我們想起你[30]

母親悲微的需求，還是難擋醫囑的原則問題，那一句話在母親往生後經常環繞耳際，成為一種想念。經常口渴的母親推入加護病房後，喝不到的那一口汽水，成為詩裡重要的憑藉，生老病死人生四大關頭，尤其因病而死更令人深刻感受過程中的折磨。同樣的悼亡主題在吳晟《晚年冥想》該卷中另有紀念洪醒夫[31]的詩作，寫洪醒夫〈送你兩棵樹〉：

> 以你為名的文學公園
> 終於座落在你成長的二林小鎮
> 海風吹拂的空曠園區
> 還有些荒蕪
> 決定先移植兩株櫸木

30　吳晟，2014年，《他還年輕》，臺北：洪範，頁88-91。

31　洪醒夫，本名洪媽從，又名司徒門，1949年12月10日，出生於彰化縣二林鎮北平里一個世代農民家庭，1962年台中師專畢業後，即一直擔任小學教師，1983年7月31日，因車禍去世，結束他三十三年短暫而璀璨的一生。http://life.fhl.net/ic975/RegionalLiteratures/HongXingFu/01.htm

再搬遷兩株樟樹
與你作伴

櫸木材質堅硬
是愛樹的友人捐贈
樟樹紛紛開闊
來自我家庭院
你應該有些眼熟

將近三十年了
我在庭院種植下數十株樟樹幼苗
你也曾俯身眷顧
每株幼苗如何茁壯
如同我們激昂的年輕夢想

然而命運詭譎無常
颱風夜一場車禍
截斷你的青春盛年
留給生者無盡的惋嘆

歲月不曾因誰而停歇
你筆下貧困的濱海農鄉
子民猶然強悍、堅韌
定根我家庭院的樟樹苗
也已蔚為一片林蔭

　　我曾參與催生、規劃
　　以你為名的文學公園
　　確實還有些荒蕪
　　移植了兩株櫸木
　　再送你兩株樟樹
　　這都是我鍾愛的台灣原生樹種
　　你一定也會喜歡

　　縱使海風鹹鹹吹拂
　　剛種下去的樹，仍顯單薄
　　如同備受忽略的在地文學
　　仍然等待鄉親
　　用心澆灌，共同呵護[32]

「移植了兩株櫸木／再送你兩株樟樹／這都是我鍾愛的臺灣原生樹種／你一定也會喜歡」吳晟對於這位離去三十餘年的故舊，依然心心念念的想念，為其植樹，參與紀念公園的規劃，都僅止於對故人還念的表達，某種程度，安慰的其實是自己，放不下老友昔日一起為文學努力的革命情感，進而以詩追悼友人，也淨化自己脆弱的內裡。

　　吳晟另有一篇寫瘂弦夫人橋橋的〈回到純淨〉：

　　人世的空氣
　　太過混濁
　　而你的心肺太纖柔

32　吳晟，2014年，《他還年輕》，臺北：洪範，頁94-97。

容易受損，跨入中年即切除大半
多數時間呼吸
只能仰賴氧氣筒

氧氣筒畢竟太過沉重
你掙扎著喘息
穿過瘂弦的信箋暗電話
從溫哥華幽幽傳來
橋橋的時日，恐怕已不多

我始終念念不忘
臺北你家客廳溫暖的燈光
輝映你良善的笑容
化解我的拘謹
而溫哥華相隔如此遙遠
我只能默默祝禱
你仍有機會回臺灣
再來我的鄉間小遊

但人世的空氣
確實太過紛雜
你的性情又太過耿直
仰賴氧氣筒的呼吸
也太過艱辛
雖然親情太難捨
你已耗盡力氣撐持

> 我只能遙遠地為你送行
> 送你遠行
> 回到那原本屬於你的純淨天地
> 回歸單純的你[33]

詩裡詩人無法忘懷其耿直的性情、良善的笑容，原因是「人世的空氣／太過混濁」。人情信美的關懷在詩中洋溢，無奈臺灣溪州與加拿大溫哥華相隔萬里之遙，友人病況急轉直下時詩人並無法前往探視，詩中的追悔著實令人讀來鼻酸。但也許塵土各就其位，橋橋回到原本純淨的天地，也算告慰生者若干。胡塞爾講述主體對他人的「移情作用」說道：

> 他人的主觀性是在我自己的進行自身經驗的生活之領域中，就是說，是在進行自身經驗的移情作用中，間接地，而不是原初地被給予我的，但確實被給予了，而且被經驗到了。正如過去的東西作為過去的東西只有藉助於記憶才能被原初地給予，將來發生的事情本身只有藉助於預期才能被原初地給予一樣，他人作為他人只有藉助於移情作用才能被原初地給予。在這種意義上，原初的給予性和經驗是同一個東西[34]。

　　我們在吳晟的詩裡經歷了死亡中些許的憾恨和慰藉，透過閱讀轉移了寫作者的情感，我們感受了詩人吳晟的感動，從而取得生存當中更多的力量及勇氣，進而面對每個全新的一天。悼亡詩其實是生者持

---

[33] 吳晟，2014年，《他還年輕》，臺北：洪範，頁84-86。

[34] 胡塞爾著，王炳文譯，2006年，《第一哲學》（下），北京：商務印書館，頁246。

續勇健生活下去的藝術力量，透過文本的淨化，給予讀者更多的海闊天空。

四、結論

> 沒有任何物體是純粹當下的，所以當下都纏繞著一團虛擬影像的迷霧。這團迷霧自或遠或近的共存迴圈中湧現，虛擬影像則散發與奔馳於上。如是，每顆當下的微粒以不同次序射散及吸收或遠或近處的虛擬。所謂虛擬，是由於其散射與吸收、其創生與毀滅發生在一段比可思考的最短時間更短的時距內，而且這段極短促的時距自此一種不確定或無法決斷的原則維繫著虛擬。所有當下都纏繞著不斷更新的虛擬性迴圈，每個迴圈都射散出另一個迴圈，且所有迴圈都圍繞與反應著當下。[35]

當時間不斷的向後推演，記憶當會跟隨想像成爲另一種故事情境，詩人吳晟以其樸實無華的風格，文字明朗力度的追求，爲讀者鋪設一條新詩學習與鑑賞的典律。羅蘭‧巴特認爲：「文學的目的是讓讀者不再只是消費者，而是成爲文本的創造者。」[36]在這個前提下，讀者因爲有了參與創作的直覺愉悅因而達到滿足，使閱聽人的生命內裡有著新生的契機。吳晟說：「我坦然接受年歲老去／而憂傷，點點滴滴／滲進清風、滲進鳥鳴／滲進遼闊的田野／侵蝕著我的閒適與安逸」[37]，詩人在內在的沈潛之外，依然在乎窗外的風風雨雨，這才是

---

[35] 楊凱麟，1998年，〈虛擬與文學：德勒茲的文學論〉，《中外文學》28卷3期，頁42。

[36] Barthes, Roland, S/Z, Blackwell Publishing Ltd, 2002, p.4.

[37] 吳晟，2014年，《他還年輕》，臺北：洪範，頁162。

詩人眞實性情的具體呈現。詩要寫好前務必把人做好，也就是腳下的土地是立足的根底，詩人的詩作每一篇文本都像我們昭告這個事實。

　　關於死亡，詩人也有自身的坦然，生命的常態畢竟就是無常，詩人以〈錯愕〉詮釋其對生死兩相安的觀察，吳晟寫道：

　　　　也許意外離去
　　　　也許纏綿病榻逐漸老去
　　　　也有可能選擇自行訣別
　　　　肉身總有某個缺口
　　　　將生命流失殆盡

　　　　揣想過無數次
　　　　揮別人世的方式
　　　　畢竟只是無禁無忌的玄想
　　　　因遙遠而浪漫
　　　　一場病症的宣告
　　　　頻繁出入醫院
　　　　才發現死亡原來隨時在窺視
　　　　錯愕下些許不安
　　　　悄悄盤踞內心深處

　　　　憂懼離去，總因牽掛
　　　　悲傷，總因不捨
　　　　憂懼與悲傷之間
　　　　怎樣的修為
　　　　才能泰然以對

如一趟旅程
怎樣從容下車
一齣戲怎樣好好謝幕
一首曲子的休止符
如何餘音繚繞
我還在學習[38]

從容下車，也許再次上車，又將是另一番不同的風景。但更重要的是，要在肉身朽壞之前，在人間的過往應該要精彩並且「餘音繚繞」，方能無所悔恨、無所遺憾。英加登曾說：「詩歌越是『純粹』抒情的，對本文中明確陳述的東西的實際確定就越少。」[39]吳晟的生死詩，不同於一般五六年級讀者所熟知的現實視野，卻為未來提供一幅想像的風景，確實提供閱聽人不同的景觀與視野。但相同的，是吳晟溫厚善感又多情的詩心。

參考書目

Sapir E. (1921) *Language: An Introduction to the Study of Speech*, New York: Harcourt, Brace.

Barthes. Roland, (2002) *S/Z*, Blackwell Publishing Ltd.

吳晟，1985年，《向孩子說》，臺北：洪範。

吳晟，2000年，《吳晟詩選（1963～1999）》，臺北：洪範。

吳晟，2014年，《他還年輕》，臺北：洪範。

吳晟主編，1984年，《一九八三臺灣詩選》，臺北：前衛。

宋田水，1995年，《「吾鄉印象」的鄉土美學》，臺北：前衛。

---

38 吳晟，2014年，《他還年輕》，臺北：洪範，頁91-93。

39 英加登著，陳燕谷譯，1991年12月，《對文學的藝術作品的認識》，臺北：商鼎，頁51。

林雙不，1984年，〈海口兄弟〉，收錄於《一九八三臺灣詩選》，
　　吳晟主編，頁79-82，臺北：前衛。

林雙不，1984年，《臺灣新樂府》，高雄：敦理。

英加登著，陳燕谷譯，1991年，《對文學的藝術作品的認識》，臺
　　北：商鼎。

胡塞爾著，王炳文譯，2006年，《第一哲學》（下），北京：商務
　　印書館。頁29-49。

埃德蒙德‧胡塞爾，1917年，〈現象學與認識論〉收錄於其著，托
　　馬斯‧奈農、漢斯‧萊納‧塞普編，倪梁康譯（2009），《文
　　章與演講》，（胡塞爾文集）北京：人民出版社。

陳蒲清，1992年，《寓言文學理論‧歷史與應用》，臺北：駱駝。

陸揚，1998年，《精神分析文論》，山東：山東教育出版社。

渡也，1995年，《新詩補給站》，臺北：三民。

楊凱麟，1998年，〈虛擬與文學：德勒茲的文學論〉，《中外文
　　學》28卷3期。

維基百科：（上網時間2016/6/4）https://zh.wikipedia.org/wiki/%E7
　　%B1%B3%E6%A0%BC%E5%B0%94%C2%B7%E5%AE%89%E
　　8%B5%AB%E5%B0%94%C2%B7%E9%98%BF%E6%96%AF%
　　E5%9B%BE%E9%87%8C%E4%BA%9A%E6%96%AF

https://zh.wikipedia.org/wiki/%E5%9C%8B%E7%AB%8B%E7%B7%
　　A8%E8%AD%AF%E9%A4%A8

田莊作家—洪醒夫（上網時間2016/6/5）／陳建興撰文http://life.fhl.
　　net/ic975/RegionalLiteratures/HongXingFu/01.htm

物候、地誌與人情：

論葉日松的三行詩

謝玉玲

國立臺灣海洋大學共同教育中心副教授

摘要

　　客家籍現代詩文知名作家葉日松先生，其詩歌創作歷程超過五十年，不僅數量甚夥，關懷層面亦廣。他所創作的三行詩，相對其他詩作，在形式與風格上有不小的差異性。三行詩或可稱爲短詩，其篇幅相對短小，在載體有限的狀態下，如何清楚表達情感或主題意象，對創作者而言是極大的考驗，也具有相當大的挑戰性。回溯現代詩歌的發展，五四時期是小詩創作的黃金年代，諸如俞平伯、朱自清、冰心等人都寫出許多獨創性極強的小詩，內容簡單，卻非常精彩。本論文探究葉日松先生三行詩對傳統的繼承狀況外，亦關心藉由不同詩體開拓自己書寫的深度與廣度，透過探討其短詩的美學意涵，進而觀察作家詩歌藝術層面的多元風貌與積極創新的創作能量。

關鍵詞：三行詩、物候、地誌、詩歌美學

Scenery, Climate, Local annals and Human Interactions: On Yeh, Jih-Sung's Three-line Poems

Yu-Ling Hsieh

Associate Professor

General Education Center, National Taiwan Ocean University

Abstract

Mr. Yeh, Jih-Sung, a well-known writer of modern Hakka poetry, has been devoted to the writing of poetry for more than fifty years. So far, he has created a numerous number of poems, which covers lots of aspects. The three-line poem he created has a distinct difference in form and style when compared with other poems. Three-line poem is sometimes referred as short poem due to limited length of words used. Moreover, it is of great challenges for the creator to express the emotion or theme of the image since it is relatively short in length. Looking back at the development of modern poetry, the May 4th Movement was the golden age of poetry writing. For example, Pingbo Yu, Ziqing Zhu, Xin Bing and others wrote lots of very original poems with simple content but very brilliant. In this thesis, we explore the traditional inheritance status of the three-line poem by Yeh, Jih-Sung, and also pay close attention to the depth and breadth of his writing in different poetic styles. By exploring the aesthetics meaning of his short poems, we can observe the diverse artistic style of the writers and creative energy of innovation.

Key words:Three-line poem, Scenery and climate, Local annals, Aesthetics of poetry

一、前言

　　葉日松（1936～），臺灣花蓮人，客家籍現代詩文知名作家。葉日松的詩歌創作歷程超過五十年，就其詩作觀之，不僅數量甚夥，關懷層面亦廣，且屢受肯定。其創作內容與形式，亦順隨時間推移，產生細微的差異，留下屬於時代的印記。然而持續不變的是他對族群的認同、對土地的熱愛、對風物的感知，乃至於對人情的思考。葉先生勤於創作，其詩文作品質量均佳，即使僅論其詩歌作品，無論現代詩、客語詩、長篇敘事詩[1]、童謠、歌詞等，足見其勇於嘗試各類形式的詩歌書寫。

　　在《詩記那時風景 —— 寫給故鄉的長短句》[2]一書中，共計收錄了一百零五首三行詩，即詩集的「第一輯　詩記那時風景」與「第二輯修行的六十石山」。相較於作者其他各類型詩作，三行詩在形式與風格上實有不小的差異性，而現當代現代詩人致力於小詩創作者相對不多，故著實引發筆者進一步探究的興趣。此一百零五首三行詩的創作時間大多集中在2010年至2012年，這三年的創作數量佔了絕大部分，若向前溯源，葉先生早在1987年就已開始創作三行詩〈送女兒上台大〉[3]，2008年復有〈光復糖廠〉[4]、〈竹筍之歌〉[5]、〈晚霞〉[6]

[1] 參見謝玉玲，2015年10月，〈萬世流芳的英雄謳歌—葉日松作品《義民禮讚》析論〉，收入林廷光總編輯：《葉日松文學作品研討會論文集：纏綿依戀的鄉土情懷》，花蓮市：花蓮縣政府，頁1-25。
[2] 參見葉日松，2013年，《詩記那時風景－寫給故鄉的長短句》，臺北：文史哲出版社。本文所引詩作皆出於此集。
[3] 同前註，頁106。
[4] 同前註，頁74。
[5] 同前註，頁102。
[6] 同前註，頁103。

等三首作品。

　　三行詩或可稱爲短詩或小詩，其篇幅相對短小，在載體有限的狀態下，如何清楚表達情感或主題意象，對創作者而言是極大的考驗，也具有相當大的挑戰性。這種形式詩作，乍看之下，與日本和歌俳句，有某種程度的神似；雖然日本俳句轉爲漢字時往往呈現五、七、五形式，或是三、五、三形式，或者是五言、七言句式，且多用以書寫風物或紀行。回溯現代詩歌的發展歷程，五四時期可說是小詩創作的黃金年代，諸如俞平伯（1900～1990）、朱自清（1898～1948）、冰心（1900～1999）等人都寫出許多獨創性極強的小詩，內容簡單，卻非常精彩。

　　綜觀葉日松的三行詩作，多少亦有承繼此種傳統，[7]並從中開拓自己書寫的深度與廣度。除了紀錄地方的景物，感知物候的變化外，生活上也許眾人覺得微不足道，但卻意義深長的事物，是其關注的重心；更重要的是，透過此類短詩表達一種屬於詩人的信念或哲思，其短詩偶爾也帶有禪宗短詩「偈」的禪意；同時藉由運用隱喻、排比、諧音種種寫作技巧，營造其詩作的美學風格。以下將以葉日松先生的三行詩作爲討論對象，探討其短詩的美學意涵，進而觀察作家詩歌藝術層面的多元風貌與積極創新的創作能量。

二、詩體的創發：小詩的發展歷程

　　「小詩」形態的發展，亦非憑空出現。在中國古典詩歌中，篇幅體制短小的詩篇，原有相當悠遠的歷史，從上古歌謠，到絕句、小令，都可視之爲「小詩」。周作人（1885～1967）在〈論小詩〉一文中指出所謂的「小詩」是「流行的一行至四行的新詩」；「這種小詩在形式上似乎有點新奇，其實只是一種很普遍的抒情詩，自古以來

7　關於此點，筆者曾與作者請教，得到肯定的答案。

便已存在的。」[8]學者王力（1900～1986）認為現代「自由詩」中有所謂的「長短章」，詩的一段也叫做一章，他以西洋詩為例，最普通的是每段四句或每段八句，其餘如兩句、三句、四句、五句，以至於十句者，都是可以的。[9]五四時期的「小詩」在形式上，篇幅有限；若結合古典詩之絕句、小令觀之，絕句只有四行，小令一般說來不超過五十八字，故「小詩」在行數上亦應以一章二句到四句以內為主。

　　1920年代不少中國青年留學歐美與日本，因此亦受到外國文學的影響。周作人說過，「中國的新詩在各方面都受歐洲的影響，唯獨小詩彷彿是在例外，因為它的來源是在東方的：這裡邊又有兩種潮流，便是印度與日本，在思想上是冥想與享樂。」[10]這裡受日本影響的是短歌和俳句，受印度影響的部分主要是泰戈爾（Rabindranath Tagore，1861～1941）的小詩。在泰戈爾的小詩以其口語化和散文式的詩體，對五四時期的詩人影響很大。彭恩華在《日本俳句史》一書提到，俳句是日本韻文學的一種傳統形式，也是世界上最短的格律詩之一，在日本文學史上地位重要，形式也相對特殊。一般將俳句譯成十七字，或五、七、五格式，較為精簡扼要，不一定要押韻，[11]去除贅語，長話短說，要寫出生活瞬間的感受或想法。由於載體極小，因此容易流於易寫難工。同時每首俳句都要有一個季題，季題就是與四季有關的題材，範圍極廣，舉凡春夏秋冬四時變遷有關的自然界現象與人事界現象都包括在內。[12]

　　五四運動初期是小詩的黃金年代，雖然流行的時間不長，但朱自

---

[8]　參見周作人，1985年，〈論小詩〉，收入楊匡漢、劉福春編，《中國現代詩論‧上編》，廣州：花城出版社，頁62。

[9]　參見王力，2012年，《現代詩律學》，北京：中國人民大學出版社，頁12。

[10]　參見周作人，〈論小詩〉，頁63-64。

[11]　參見彭恩華，2004年，《日本俳句史》，上海：學林出版社，頁1-3。

[12]　同前註，頁2。

清（1898-1948）說「到處作者甚眾」，[13]可見當日受歡迎的程度。
其中又以冰心（1900-1999）的創作影響甚大且引領潮流，[14]以下引
冰心極受歡迎的小詩二首為例。

> 我的心
> 孤舟似的
> 穿過了起伏不定的時間的海

> 心靈的燈
> 在寂靜中光明
> 在熱鬧中熄滅

　　這兩首詩皆出自《繁星・春水》，都只有三行，卻在當代獲得
許多共鳴。冰心即自陳她寫《繁星》的原委，是「因著看泰戈爾的
《飛鳥集》，而仿用他的形式，來收集我零碎的思想。」[15]由此語
足見泰戈爾對冰心影響的痕跡。另外像哲學家詩人宗白華（1897～
1986）的小詩，其代表作〈斷句〉為例：

> 心中的宇宙
> 明月鏡中的山河影

---

[13]　參見朱自清編選，1935年，《中國新文學大系・詩集・導言》，上海：良友圖書公司，頁
　　4。
[14]　「自從冰心女士在《晨報副刊》上發表她的《繁星》後，小詩頗流行一時。」、「在雜誌報
　　章上散見的短詩，差不多全是用這種新創的Style寫成的，使我們的文壇，收穫了無數粒情
　　緒的珍珠，這不能不歸功於《繁星》的作者了。」參見范伯群編，1984年，《冰心研究資
　　料》，北京：北京出版社，頁361。
[15]　參見范伯群編，《冰心研究資料》，頁145。

　　這首僅有二行的小詩，獨創性極強，也充滿哲思。宗白華說過：「我愛寫小詩、短詩，可以說是承受唐人絕句的影響，和日本俳句毫不相干，泰戈爾的影響也不大。」[16]張健進一步指出，「宗白華對唐人絕句的境界有高度的領悟，尤其王孟一派的閑淡沖和，更顯其心。又加接受西方詩人如歌德等的影響，很能有所獨創。」[17]再如朱自清（1898～1948）的短詩〈香〉：

　　　　「聞著花香嗎？」──
　　　　徜徉在山光水色的我們，
　　　　陡然都默契著了。

張健亦指出，「這首短詩頗近於日本俳句者，亦透顯出一些禪境了。」[18]由上可知，小詩的發展基本上是繼承中國古典詩歌傳統，並受到外國的影響，特別是日本與印度泰戈爾的影響。這些外國文學滋養，很快就深入中國詩人的創作概念裡，故特別在五四時期的詩人與其詩歌作品中，皆可看見承繼與創造發展的足跡。

　　在臺灣詩壇進行小詩創作者亦不少見，如瓦歷斯‧諾幹、蕭蕭等詩人，皆有精彩的小詩創作。以瓦歷斯‧諾幹為例，在他的詩集《當世界留下二行詩》[19]一書中所收錄者，均是僅有二行的新詩創作。作者設下限制，進行一種自我挑戰，因此在其二行詩中，日常生活種種話題可以入詩，嚴肅的家國議題也可以入詩，表達其對世界的關懷。如〈樹葉凋謝〉與〈遺言〉：

---

[16] 參見宗白華，1981年，《美學散步》，上海：上海人民出版社，頁239。

[17] 參見張健編著，1984年，《中國現代詩》，臺北：五南圖書，頁60。

[18] 同前註。

[19] 參見瓦歷斯‧諾幹，2012年，《當世界留下二行詩》，臺北：布拉格文化。

等待一生，只為
發出飛翔的聲音

〈樹葉凋謝〉

親愛的孩子，我們的家與國
都在以色列那邊

〈遺言〉

蕭蕭在短詩創作上也很出色。根據丁旭輝的統計，到2005年為止，蕭蕭「五百四十九首詩中，十行以下的詩作，佔了百分之七十七點六。」[20]其詩集《後更年期的白色憂傷》，內容全是三行小詩。如：

在生與死的的猶豫間下了決心
刷一道白。卻非空無
也不確然是　非空無

〈瀑布的生命〉[21]

丁旭輝認為在這些短詩中，最大的特色，乃在於呈現出一種簡約的美學風格。其所賴以營造簡約美學的手法，乃是以詩作外景（外在視覺形式）與內景（意象）的雙重簡約為基礎，或者利用簡約後極簡的意象凝聚全詩的焦點，藉以彰顯豐富的詩意與美感；或者消解意象的形體，甚至完全不用任何意象，而將詩意涵融於抽象的心象與簡潔

20　參見丁旭輝，2005年6月，〈論蕭蕭短詩的簡約美學〉，《國文學誌》10，彰化師範大學國文學系，頁57-79。

21　參見蕭蕭，2007年，《後更年期的白色憂傷》，臺北：唐山出版社，頁80。

的詩語之中，表現出一種成熟的簡約美學。[22]短詩雖然篇幅有限，但其中內涵與意境，端看作家的創作能力。因此短詩這樣的詩歌形式仍持續不斷地被進行著，葉日松也步上了這個行列，每一首三行詩都蘊含了他對生活乃至於身邊事物的體悟與祝福。

三、物候與地景：葉日松三行詩的內容主題

周作人曾說過，小詩的功能在於「如果我們『懷著愛惜這在忙碌的生活之中浮到心頭又復即消失的剎那的感覺之心』，想將它表現出來，那麼數行的小詩便是最好的工具了。」、「我在日常生活中，隨時隨地都有感興，自然便有是於寫一地的景色、一時的情調的小詩之需要。」[23]自古以來，詩人舉凡生活、季節、人生、詠史、感懷等等，包羅萬象，無一不可入詩。葉日松是臺灣花蓮人，在其詩文創作中，土地與人情，是重要的主題。他在《詩記那時風景──寫給故鄉的長短句》一書的序文中清楚說明他創作三行詩的動機，是要「為故鄉寫故事／為田園寫俳句／為山水寫小令／為生活寫日記／為情愛寫心情」， 目的是要「為身邊的人、事、物／為天地人間／留下綿長的記憶和牽掛」。葉日松自陳，讀者可以在書中讀到「水尾茶話，故鄉的短歌，自然山水的詠歎，松園遠眺，古蹟的抒懷，寺廟的禮讚，生活的筆記，以及多方的觀照和書寫」。[24]

在葉日松的三行詩中，首先我們可看到藉物候以抒懷的作品。有關自然物候的研究，歷來多聚焦在春、秋兩季，且在比興說詩、感物傷逝等個人情志與物候環境的相互詮解下，發展成以「言志」與

22　同註20。

23　同註8，頁62、65。

24　葉日松，前揭文，頁2。

「抒情」為主軸的文學傳統。[25]而這樣的物候的書寫記錄，可映現一地的季節特徵，提供讀者認識季節知識與生活的互動，並展現作者個人的季節感。

在〈蟬聲〉[26]一詩中，作者以夏季的蟬聲為創作主題，進行書寫。

> 收不回的蟬聲
> 留下餘韻
> 聲聲縈繞

同樣是夏季的物象，作者在〈荷花〉[27]詩中，掌握了夏與荷兩個普遍認知符號，為二者進行一次動態的描寫。

> 池塘裡的荷花　在風中飛翔
> 把美麗的寓言
> 轉化成一季的清涼

荷花的清雅，實為大眾所喜愛，歷來吟詠蓮、荷之詩作也所在多有，大抵不出書寫蓮荷之姿，或抒發情感意識。葉日松在此首小詩中，掌握瞬間荷花隨風搖擺之姿，因風之故，炎熱的夏天有著清涼，荷也因之得以自在的飛翔；涼的不見得是真實的溫度，而是靜心之後，油然而生舒暢的涼意。再如〈布穀鳥〉[28]一詩，背景是春天。

---

[25] 參見廖美玉，2015年12月，〈唐代〈月令〉組詩的物候感知與地誌書寫〉，《國文學報》58，臺北：臺灣師範大學國文系，頁73-98。

[26] 葉日松，前揭文，頁38。

[27] 同前註，頁46。

[28] 同前註，頁47。

> 布穀鳥的歌譜　　列印在綠色的山野
> 美妙的合唱　　總是把主題設定在
> 春天的播種

　　在中國詩歌傳統中，春秋與夏冬的屬性區分，最直接的就是生理與感覺層次上的快與不快的差異性。學者松本久友認為，氣候舒適、草樹開花、樹葉變紅、禽鳥啼鳴……等等，在春與秋，更多地集中了對人的生理正面感覺的事象。只要把酷暑和酷寒與溫暖和涼爽相對比，哪些更引起人的詩情是不言自明的。那種快適之感，由於是在通過人的生理感覺直接作用于心理劇條件下，對於以活化感覺如前提的詩歌創作，就已經帶有不容忽視的影響。[29]春天是一年的開始，萬物復甦，愉悅與新生，都是這個季節的特徵。葉日松掌握了春天的季節元素，布穀鳥的啼鳴、抽長萌生的綠意，還有「播種」這個屬於春季的重要大事，所呈現的畫面就是只屬於春天，一切綠意盎然，生氣勃勃。

　　在〈深秋的芒花〉一詩中，[30]作者則是以秋天景物為主題進行書寫。

> 縱谷的深秋　　芒花飛絮
> 黃昏的雁陣　　在秀姑巒溪的上空
> 細心地賞讀它的絕妙

　　此處作者記錄的秋季景色，是花東縱谷與秀姑巒溪的秋景，獨屬於花蓮的深秋。飛絮與雁陣，在中國古典文學的意象特徵上，都帶有

29　〔日〕松本久友著；孫昌武、鄭天剛譯，1990年，《中國詩歌原理》，瀋陽：遼寧教育出版社，頁11-12。

30　葉日松，前揭文，頁49。

離愁之意。飛絮往往是描寫柳絮紛飛之景，柳又有送別之象徵意；雁陣南飛，亦帶有歸鄉之意，再加上「黃昏」一詞，基本上呼應了傳統古典詩意象的運用與季節的隱喻。古代的春秋二季，在詩歌中多以「傷春」、「悲秋」為主，展現詩人的時間意識，特別是自宋玉《九辯》：「悲哉兮秋之為氣也，蕭瑟兮草木搖落而衰變」兩句，可說是形成文學史上「悲秋」情感的直接源頭，影響了後世共通的心情與情緒，也就是所謂的悲哀與傷逝之感。葉日松此詩有著對古典詩學傳統的繼承，卻能加以轉化，摒棄了哀情，先在詩歌畫布上勾勒出秋日風情，沒有愁苦，反而是用心「賞讀」這個季節的「絕妙」所在。這種推陳出新的季節感表達，特別在小詩中，得以清楚地聚焦，有著秋高氣爽的輕快。

在〈蓮霧的聯想〉[31]裡，我們則看到了季節的交換。

　　夏至到立秋的三伏天
　　最需要你的風鈴分送清涼
　　讓千門萬戶聆聽你美妙的音樂

夏至到立秋，是傳統二十四節氣中最熱的一段時間，而蓮霧原來是夏天的水果，產期為五到七月。作者掌握時令與物產，特別是蓮霧的形狀，將物候環境與生活層次加以結合，豐富了詩歌的內容與深度。類似的作品如〈白露冬至〉[32]：

　　中秋未到
　　我的頭髮便頻頻翻閱白露
　　預約郵購冬至的湯圓

---

[31]　同前註，頁80。
[32]　同前註，頁114。

　　此詩敘述由秋至冬的轉換，以自己身體的變化做比擬，用字遣詞也很有現代意味，如預約郵購，相當具有生活感。同時中秋未到就忙著翻閱白露，預約冬至的湯圓，也容易令人感受一年將盡的時間流逝感。另如〈五月雪〉[33]一詩，書寫桐花的季節特徵，也饒富趣味。

> 無雪的夏季
> 大地覆蓋了一層厚厚的白雪
> 所有的存疑　且聽五月桐花的解析

　　夏季臺灣原本無雪，然而每年五月大地總會覆蓋一層雪白，究竟是雪還是其他？這樣的謎題，作者認為還是要去詢問當事人五月桐花，請她說個分明才是正解。

　　其次在葉日松的三行詩中，有很大一部分是對花蓮一地的景物進行描寫。近年來地理學者對於地方與地景的關係，有諸多的論述；許多作家對於故鄉與土地的書寫，也蔚為風潮，如：向陽就讚譽渡也是地誌詩的旗手。[34]人文地理學者大衛‧哈維（David Harvey）說過，地方常常被視為「集體記憶的所在」——透過聯結一群人與過往的記憶建構來創造認同的場址。「地方感的保存與建構，是一種從記憶到希望，從過往到未來的旅途中的積極時刻。而且，地方的重構可以揭露隱藏的記憶，替不同的未來提供前景。」[35]檢視葉日松105首三行詩，裡面絕大部分記錄了花蓮的區域樣貌，以及屬於當地的風土人情。

---

[33] 同前註，頁87。

[34] 參見向陽，2016年10月，〈臺灣地誌詩的旗手渡也〉，《鹽分地帶文學》66，頁11-20。

[35] 參見Tim Cresswell著；徐苔玲、王志弘譯，2006年，《地方：記憶、想像與認同》，臺北：群學出版有限公司，頁101。

　　以〈在山中修行的祥德寺〉[36]、〈和南寺〉[37]二首爲例，作者從宗教的場域，記錄花蓮的一面。

　　　　古刹的晨昏
　　　　慈悲的木魚聲　千山應和
　　　　懸空的吊橋　在天地間把愛引渡
　　　　　　　　　　　　　　　　　〈在山中修行的祥德寺〉

　　　　擁抱大海　親近天空
　　　　祢的禪學　是風雨中的寧靜
　　　　我恭讀　我膜拜
　　　　　　　　　　　　　　　　　　　　　　　〈和南寺〉

　　祥德寺位在花蓮天祥，而和南寺在花蓮鹽寮，可瞭望太平洋，這樣一山一海的宗教聖地，既是名勝，也是饒富禪意與修行之所。書寫宗教場域，葉日松並沒有提及任何高深的教義，而是從寺院週邊的環境入手，帶出屬於宗教的包容力。週邊的吊橋名字叫「普渡橋」，詩人將其意義引申轉化爲更強有力的「在天地間把愛引渡」，將詩意擴充極致。而第一輯第36首至40首，則分別敘寫花蓮的「帝君廟」、「三山國王廟」、「五穀宮」，並同時記錄屏東竹田的「義民亭」，北埔「天公廟」，無論是三國的史實記憶，或是展現五穀豐登的感激，或是對客家遷移史的緬懷，事實上這五首詩的主題皆在介紹並強調一地民間信仰中心的地位與重要性。

　　葉日松觀照的面向主題相當多元，對於所居之地 —— 花蓮的種

種，藉由書寫，不僅編織浪漫，更展現地景對人群所產生的意義。如
〈七星潭海灣〉[38]一詩，作者描繪了七星潭與浪花交織的美景。

> 山的弧度和海的曲線
> 重疊出交響的琴絃
> 請浪花輕輕彈唱一首美麗的情歌

　　同一個地點，詩人又以七星潭的命名，寫了另一首詩〈七星潭〉
歌詠之。同樣描繪山海風景，詩人必不忘知名景點——石梯坪。

> 層層的浪花衝上了美麗的海岸
> 把所有的詩句凝固成交錯有致的石梯
> 任歲月紋身
>
> 〈石梯坪〉[39]

　　石梯坪是東海岸著名的原始岩礁景觀，景致甚美，礁岩的風化與
成形都與海浪不斷地沖刷有關，因此石梯任歲月紋身，意義在此。詩
人筆下的〈瑞港公路〉[40]，也相當有意思。

> 即使再坎坷　蜿蜒　還是要一路扶持纏綿
> 山依戀水　水依戀山
> 患難的真情　在瑞港之間流洩詠歎

---

[38] 同前註，頁23。

[39] 同前註，頁26。

[40] 同前註，頁35。

　　瑞港公路是花蓮瑞穗到豐濱大港口的64縣道，也是泛舟遊客必經的道路。沿路風景秀麗，是四條橫貫海岸山脈東西向道路之一。然由於較為蜿蜒，有不少髮夾彎，不時有落石坍方，所以詩人認為不管路況如何，也都要相互扶持，彼此依戀，美景如此，人與人也是如此，更何況是秀姑巒溪泛舟活動更需要同心協力，即使一起落水，也是患難見真情的表現。詩人不僅書寫美景，還針對現況賦予它更多的想像與轉化。

　　花蓮另一個著名的景點就是松園別館，這是日治時期日軍在花蓮的重要軍事指揮中心，也是日軍高級軍官休憩所。園區風景優美，種有不少百歲琉球松，位置較高，可俯瞰美崙溪入海口、花蓮港及太平洋海景。近年來，由於園區環境幽雅，同時舉行多次國際太平洋詩歌節，因此受到更多的關注。葉日松似對松園別館情有獨鍾，相關詩作共計有八首，分別是〈青蛙撈星〉、〈美崙溪上的竹筏〉、〈蟬聲〉、〈詩的下午茶〉、〈午夜的月光〉、〈別館的歷史意義〉、〈尋找遺落的詩句〉、〈松園、夕陽〉[41]等。

> 秋風一起
> 松林便邀了一群太平洋的浪花
> 上岸來煮一壺詩
>
> 〈詩的下午茶〉

　　因為松林別館是太平洋詩歌節的會場，也常有藝文活動在此舉行。作者將地理環境與人文風景結合，展現一種屬於此地獨特且帶有詩意的雅致。歷史意義是由時間與空間所組成，在〈松園、夕陽〉一詩中，詩人則是用三句詩勾勒出此地的歷史氛圍，其寫作的重心則鎖定在時間的流逝，因此夕陽、斑駁、斜陽與歲月的年輪，都是烘托此

41　同前註，頁36-43。

主題的重要符號。

　　花蓮在葉日松筆下，處處展現只專屬一地的獨特風土人情。如〈鳳林素描〉[42]一詩，就介紹了花蓮鳳林的人文景觀與物產。

> 一百多位校長　幾十間舊菸樓
> 花生　剝皮辣椒　客家美食　輝映文物館
> 小鎮故事多　和樂融融唱山歌

　　鳳林是花蓮客家人的聚集地，除設有客家文物館，傳統客家美食在這裡都有，花生與剝皮辣椒則是當地的特產。菸葉是過去鳳林的重要農作物之一，因此尚保有不少菸樓，可供遊客參觀，亦是當地重要的文化資產。在人文風情中，更有意思的地方在於鳳林是花蓮出最多校長的地方，迄今約有一百一十幾位校長是鳳林人，這樣的記錄一般地區實望其項背，更顯現出鳳林的地靈人傑。除了地景的書寫，葉日松藉由當地的物產，如〈蜜香紅茶〉、〈瑞穗鮮奶〉[43]這些花蓮重要又知名的物產，讓讀者用不同的角度認識地方。

　　除此之外，葉日松的三行詩同時出現許多的生活記錄與回憶，這些是厚實其詩作最重要的養分，一方面藉以展現對故鄉與土地的熱愛，也對過往的生活與人情有許多的緬懷，這樣的生命經驗在其詩作中俯拾可得，亦可看出詩人的感受與哲思。

　　關於葉日松對故鄉與土地的情懷，從〈文學的混聲合唱〉[44]一詩中，詩人就已清楚地表達。

> 在文學的混聲合唱裡

---

[42]　同前註，頁81。

[43]　同前註，頁29-30。

[44]　同前註，頁91。

　　童年　泥土　故鄉同台演出
　　所有的曲目　都在詮釋無怨無悔的愛

　　童年、泥土與故鄉三者是緊密相連，他以混聲合唱作比擬，他的文學作品要展現的就是對此三者的認同與真摯之情。類似的感懷，在〈我和泥土〉[45]中亦可得見作者對土地的熱愛與鄉愁。

　　出世以後，我抓住了泥土不放
　　如今　泥土抓住我
　　彼此約定在遠行的時候　一起朗讀鄉愁

　　在〈童年素描之二〉[46]中，則是以長大的眼光追想故鄉與童年。他說：

　　故鄉的火車路　載著我童年的夢境
　　去遠方流浪
　　至今尚未找到落腳歇睏的所在

　　人成長了，童年的時光再也無法回頭，而離鄉在外漂泊的遊子，魂牽夢縈著發出感嘆之聲，除非回到故鄉，何處才能真正落腳休憩？

　　而對故人與往事的緬懷與追憶，往往更為動人。葉日松在〈童年生活之一〉[47]中寫道：

---

[45] 同前註，頁109。
[46] 同前註，頁105。
[47] 同前註，頁70。

　　醃瓜　嫩薑　花生米
　　三餐地瓜飯
　　打赤腳上學去　穿內褲當旗手

　　這樣清苦的童年生活，在我們父執輩一代都經歷過，因此每每回憶起來，總是印象深刻而清晰。作者在童稚時期對甘蔗的想望，也映照出當日生活的艱困，藉由對載運甘蔗車的印象，記錄了童年生活對糖與甜的一種渴望。

　　童年的火車載著滿滿的甘蔗　到很遠很遠的遠方
　　再從很遠很遠的遠方　把糖載回來　我沒錢買糖
　　只好每天守在鐵路兩旁　猛吸濃濃的蔗香
　　　　　　　　　　　　　　　　　〈童年的甘蔗車〉[48]

　　另外〈童年素描之一〉，[49]則是追懷童年時期安心又美好的時光。

　　恬靜的夜晚
　　月光在池塘的梳妝檯前照鏡打扮
　　而阿公阿婆的打鼾聲　則隨著故鄉的心跳打拍

　　此詩敘述童年時期的歲月，最令人動容的就是「阿公阿婆的打鼾聲」，對小孫兒來說，這是一種安心穩定的感覺，亦是與故鄉最重要的繫連。另一首〈祖母的米篩目〉，也有異曲同工之妙。

---

[48]　同前註，頁64。
[49]　同前註，頁104。

元荽加韭菜　蔥加七層塔
豆豉　豬油渣　和在一碗米篩目裡
述說祖母的招牌故事

　　此詩內所有的詞彙，都是常見的客家庄植物與食物，此詩不僅記錄保存傳統客家美食的材料與做法外，背後牽引出的是與祖母慈愛相依的親情，都在一碗米篩目的回憶中滿溢。

四、承繼與蛻變：葉日松三行詩的藝術特徵

　　每位詩人在寫詩時都有自己的匠心設計，不一定講明，而詩作的意趣韻味正蘊含其中。早在五四時期，時人對於小詩這種詩體的藝術價值曾說道：

> 小詩的長處是在於能捕捉一瞬間稍縱及逝的思潮，表現出偶然湧現到意識城的幽微的情緒。我們讀了這些，雖然不能得到驚異，得到魁偉的印象，然能使我們的心靈得到一時間的感通，正如在廣漠無垠的大洋中忽然望見扁舟馳過一般。所以斷片的詩句，在文藝鑑賞上也正和鴻篇巨製有同樣的價值。[50]

　　葉日松的三行詩中，關注面向甚廣，在一般人眼中微不足道的事物或生活記事，在詩人眼中卻都是無比珍貴，每一首詩基本上的語調與風格多是展現正面積極的態度，幾乎毫無負面思想。究其三行詩的藝術特徵，以下分別討論之。

---

[50]　參見范伯群編，《冰心研究資料》，頁361-362。

　　三行詩在體式方面，作者大多是用正、反、合的結構進行處理，不必然有押韻。以〈迷路的雁子〉[51]為例：

　　　　夕陽的移情別戀
　　　　讓迷了路的一群雁子
　　　　在秀姑巒溪的沙洲上圍爐烤火

　　第一句是營造事件的原因，導致第二句一群雁子迷路，最終的結果是在沙洲上聚在一起。在其三行詩中，皆以非常簡短的篇幅，集中焦點，強調每一首詩的主題。在字數方面，並不固定，因此作者自己又將其稱之為「長短句」。事實上，篇帙越小，文字越少，越不容易精工，但在葉日松身上並不成問題。試看〈北回歸線〉[52]一詩：

　　　　敏感的標誌
　　　　把人間的冷暖
　　　　劃分為二

　　北回歸線位在北緯23.5度，是熱帶和亞熱帶的分界。古典詩絕句最少都有二十字，而這首詩篇幅更短小，僅有十五個字，卻能充分表現北回歸線的特質。詩人直接下筆，稱此標誌為「敏感」，一方面是對溫度的感受，另一方面引出下文，敏感的不僅有天氣的溫度，人情冷暖更是點滴在心頭，這樣的引申與比附至為精妙，實為不可多得的精彩小詩。
　　其次，意象的營造，是詩歌寫作技巧中極為常見，卻又非常重要的一環。黃永武認為，大凡一首詩，能令意象逼真、栩栩欲動、玲瓏

---

[51] 葉日松，前揭文，頁20。
[52] 同前註，頁31。

剔透、一層不隔，就是一首有神韻的好詩。[53]葉日松的詩作，將傳統詩歌意象與典故結合，進行古今的對照。如〈懷第八酒廠〉[54]：

　　往事是一瓶陳年的「紅露」　愈久愈香醇
　　今夜我和李白該往何處和往事乾杯
　　不知道講究時髦和創意的園區　有沒有第八酒廠的專賣櫃

　　花蓮酒廠早在日治時期就已經存在，光復後成為臺灣省菸酒公賣局的第八酒廠，酒廠的原址在花蓮市中心，後來轉型成為花蓮文創園區。在這樣的背景下，詩人把歲月和時間用「往事」和「陳年」二詞做聯結，李白是詩仙，作者是現代的詩人，雖有今昔之別，然對詩的用心與感懷是有致一同。酒是越久越香醇，好詩必然經得起時間的滌盪，然而一地的風景，總會隨著時間有所改變。當富有歷史感的酒廠成為當今流行時髦的文創園區時，又有誰還會記得這第八酒廠曾有過的風華，與生產曾受歡迎紅露酒的歷史記憶？作者用了李白酒中仙的意象與現代酒廠縮和，第二、三句連用今昔對比的方式，對地景的變遷產生另一種思考。
　　葉日松擅長把原本靜態的場景，改做具體的圖畫式的視覺意象呈現。以〈午夜的月光〉[55]為例：

　　午夜的月光在松林間穿梭
　　聽完了中廣的晚安曲之後
　　總是安分地沿著溪流去找李白對酌

---

[53]　參見黃永武，1996年，《中國詩學—設計篇》，臺北：巨流圖書公司，頁3-4。
[54]　葉日松，前揭文，頁22。
[55]　同前註，頁40。

　　午夜的月光原本就是一個靜止的畫面，作者在此處使用動詞讓畫面產生動感，如穿梭一詞，詩面馬上就產生靈動的效果；再輔助各種感官意象，如聽完晚安曲是聽覺的效果，對酌則是味覺與嗅覺。此外原本穿梭在松林間活潑的月光，受「晚安曲」節目音樂提醒，夜深了，該靜下來了，才「安分地」，帶有一點不情願與遺憾地，入睡嗎？當然不是，還要去找詩人李白對酌。這裡用了李白〈月下獨酌〉的詩句「舉杯邀明月，對影成三人」，同時這首詩的背景是在松園別館，這裡藝文活動風氣極盛，作者將種種元素加以組合，完成此詩。此詩篇幅雖小，可見作者用心。〈美崙溪上的竹筏〉[56]一詩，也相當別緻。

　　　慵懶的美崙溪在午后漫步
　　　一葉竹筏也在淺淺的水面上
　　　如夢划行

　　這首則是在松林別館高處遠眺美崙溪出海口，作者用慵懶、漫步、淺淺、竹筏等詞彙，都帶者緩慢之感，營造秋日午後的悠閒與靜謐。
　　在葉日松的三行詩中，我們可以看到其將靜態敘述的形象，以動態演示的動作意象呈現外，同時展演性與戲劇性極強。如〈七星潭〉[57]：

　　　七顆星子掉落了潭底
　　　淚水漲潮
　　　成就了海的版圖

---

[56] 同前註，頁37。
[57] 同前註，頁88。

　　七星潭是鄰太平洋的一個海灣，由於光害少，可在海邊觀看天上的北斗七星，當地人故稱之為七星潭。七星潭客觀而言，就僅是一個地方，一個海灣，但作者由七星潭的名稱來源出發，以星子墜落，留下的淚水導致漲潮的畫面，構成一個鮮活生動的場景，不明說七星潭是一個海灣，而用淚水引發漲潮的意象，成就一片海。三行詩篇幅載體僅有短短的三句，但詩人就僅用三句就說了一個故事，手法閑熟高明。〈竹筍之歌〉[58]則有著另一種風貌。

　　　　一身流著祖先的志節
　　　　向藍天宣誓　　不服輸的精神
　　　　在歲寒中　　成竹成才

　　這首詩志氣高昂，畫面感與展演性十足。竹子很平凡，但作者掌握竹子的特徵如竹節、堅韌、歲寒三友之一、不斷往上抽長，再用擬人法將其形塑成一個有志氣，宣誓不服輸的形象，早已超越眾人對「竹筍」的想像。葉日松擅長集中心力凝視微小的景物，給予極大的特寫，充滿暗示力，讓讀者以從未有過的眼光與經驗，重新觀看物象。如〈盆景〉[59]一詩：

　　　　把宇宙縮小
　　　　營造大千世界
　　　　吟風弄月的古今

　　這首詩一則有俳句的風格，一則掌握所謂盆景的意義。「盆景」在文化傳統上，受到許多文人雅士的喜愛，於是詩人從最廣闊處

58　同前註，頁102。
59　同前註，頁115。

「宇宙」，下筆來陳述相對極小的「盆景」，而極小的盆景經由人的巧思，又可構成別具一格的樣貌，在作者開合之間，也能感受到屬於詩歌美學中空間與時間的彈性。

葉日松的三行詩在詩意的營造上，也帶有幽默與詼諧趣味，如〈治瞌的良方〉[60]。

> 故鄉的桃李　是治瞌的良方
> 初中三年
> 我從不接見周公

上課打瞌睡，是學子常見的事，一般人都用自己去夢周公來表示。然葉日松告訴我們，即使是周公自動找上門，作者是極其被動，卻依然不接見，因為有記憶中故鄉的桃李滋味，那樣的酸澀，足以使人一聯想就清醒，趣味性十足。另一首〈光復糖廠〉[61]也別有趣味。

> 又是一個白露過去了
> 我嚴重地罹患了憂鬱和低血糖
> 所以再也爬不出那高高的煙囪了

糖廠都有一支高聳入天的大煙囪，作者用極高大的煙囪意象對比人在憂鬱狀況下的低落與不振；同時煙囪的高，又用血糖低來對照，解決的方法就只能馬上吃顆糖，藉以呼應主題。

除此之外，我們在其詩作中，也能讀到作者對生命的哲思。如

60　同前註，頁72。

61　同前註，頁74。

〈月下獨坐〉[62]一詩，展現的是心的平靜淡泊。

> 一茶一座　一茶一人生
> 一輪明月　兩袖清風
> 寧靜的心湖　船過水無痕

　　而在〈忠烈祠的銅馬〉[63]一詩中，則帶有作者對歷史與人生的思索。

> 接下退休的旨令以後　便不再過問江湖了
> 將自己的傲氣鎔鑄一匹冰冷的銅馬
> 在月光下輕輕吟唱千年的孤寂

　　會進入忠烈祠者，多是領有戰功，為國為民壯烈犧牲者，故帶戰馬亦然。退休象徵衰老，也或者是時不我與，因此詩人說將傲氣鎔鑄成銅馬，銅馬能長期保存，所有的英雄事蹟或者是孤寂心事，都隨著時間緩緩流逝，激越也成平靜。

五、結論

　　文學的美感與價值性，往往有其共通性，檢視文學從古至今的發展過程與面向，雖然屢見後出轉精，但對傳統詩學的繼承與創發，實為不可忽視的基礎。閱讀檢視葉日松的三行詩作，足見其在詩歌創作上的努力不懈與勇於嘗試創造，特別是詩歌體式的使用上，似見每一

---

[62] 同前註，頁60。
[63] 同前註，頁24。

階段或有其規劃，並能有所成就。

　　就筆者疏理葉日松的三行詩，並辨認其所顯現的美學表現手法，初步可得出以下數點結論：

　㈠在詩歌內容方面，誠如作者在序文中所言，舉凡對故鄉地景的歌詠禮讚，或是對生活事物的關懷，豐富而多元的主題，無一不可入其三行詩。且詩人自陳要從中品味鄉土，感知淡淡的浪漫與唯美，沒有虛偽的華麗外衣。[64]這是詩人詩心的展現，也是詩人創作態度的表達。

　㈡在詩歌體式方面，我們可以看出篇幅的長短，字數的多寡，並不會對詩人產生限制，無論是三行或是僅有十五字，葉日松都能游刃有餘地操作與處理。

　㈢在藝術風格方面，我們可歸納出其三行詩的特色：

　　首先是對傳統意象的再創造，如對典故的使用與轉化，皆能增益詩作的深度與可讀性。

　　在表現手法的運用方面，作者擅長把原本靜態的場景，改做具體的圖畫式的視覺意象呈現，不僅詩歌更為活潑生動，也看出詩人創作的用心。同時作者在創作中情感洋溢，文字樸實，卻屢見機鋒，別具個人巧思。

　　作者的三行詩敘事性極強，不僅以正反合架構清楚陳述事件，也富有展現性與戲劇效果，並帶有幽默詼諧之趣味，吸引讀者目光。

　　在葉日松的三行詩中，作者展現對所居之地的高度認同與了解，其對故鄉事物的真摯情感，讓讀者閱讀其筆下再現的種種景物，更有心嚮往之感。葉日松的三行詩兼具屬於文學創作的誠懇與簡約，這是現代地誌書寫中極其可貴之處。

64　葉日松，《詩記那時風景──寫給故鄉的長短句‧代序》，頁2。

參考書目

丁旭輝，2005年6月，〈論蕭蕭短詩的簡約美學〉，《國文學誌》10，彰化師範大學國文學系，頁57-79。

王力，2012年，《現代詩律學》，北京：中國人民大學出版社。

瓦歷斯‧諾幹，2012年，《當世界留下二行詩》，臺北：布拉格文化。

向陽，2016年10月，〈臺灣地誌詩的旗手渡也〉，《鹽分地帶文學》66，頁11-20。

朱自清編選，1935年，《中國新文學大系‧詩集》，上海：良友圖書公司。

宗白華，1981年，《美學散步》，上海：上海人民出版社。

於可訓，2012年，《新詩文體二十二講》，武昌：武漢大學出版社。

柯慶明，2000年，《中國文學的美感》，臺北：麥田出版。

范伯群編，1984年，《冰心研究資料》，北京：北京出版社。

張健編著，1984年，《中國現代詩》，臺北：五南圖書。

彭恩華，2004年，《日本俳句史》，上海：學林出版社。

黃永武，1996年版，《中國詩學──設計篇》，臺北：巨流圖書公司。

楊匡漢、劉福春編，1985年，《中國現代詩論‧上編》，廣州：花城出版社。

葉日松，2013年，《詩記那時風景──寫給故鄉的長短句》，臺北：文史哲出版社。

廖美玉，2015年12月，〈唐代〈月令〉組詩的物候感知與地誌書寫〉，《國文學報》58，臺北：臺灣師範大學國文系，頁73-98。

蕭蕭，2007年，《後更年期的白色憂傷》，臺北：唐山出版社。

謝玉玲，2015年10月，〈萬世流芳的英雄謳歌──葉日松作品《義

民禮讚》析論〉，收入林廷光總編輯，《葉日松文學作品研討會論文集：纏綿依戀的鄉土情懷》，花蓮市：花蓮縣政府，頁1-25。

〔日〕松本久友著；孫昌武、鄭天剛譯，1990年，《中國詩歌原理》，瀋陽：遼寧教育出版社。

Tim Cresswell著；徐苔玲、王志弘譯，2006年，《地方：記憶、想像與認同》，臺北：群學出版有限公司。

臺灣笠詩社的詩人雙璧
白萩與李魁賢詩作析論

陳俊榮
國立臺北教育大學語文與創作學系教授

摘要

　　同庚的白萩與李魁賢都是臺灣笠詩社資深的元老級詩人，兩人俱在1956年加入當時聲勢浩大的現代派。同屬早慧詩人的他們皆從現代主義起步，早期詩作亦曾瀰漫浪漫的色彩，隨後轉向寫實主義，語言趨向質樸，並刻意碰觸社會現實。白萩與李魁賢二氏可謂是笠詩社的雙璧，具有開創性的地位。本文分述他們兩人的詩作特色及其發展軌跡，最後並指出其詩作異同之處以爲結論。

關鍵詞：現代主義、存在主義、里爾克、新即物主義、政治詩

Two Representative Poets of Li Poetry Club in Taiwan: On the Poems of Bai-zhi and Li Kui-hsien

Chen, Chun Jung

Abstract

Bai-zhi and Li Kui-hsien, both were born in the same year, are veteran poets from Li Poetry Club in Taiwan. Both of them joined the Modernists in which the members were so massive in 1956. The two poets started to write poems from modernism very early. Their initial poems were also romantically colored, and then turned to realism. Their language tended to be simple and deliberately touched social reality. Both of them, with groundbreaking status, can be described as "two representative poets of poetry club" within the Li Poetry Club. This article describes the characteristics of their poems as well as the developing trajectories, and finally points out the similarities and differences between their poems in conclusion.

Key words:modernism, existentialism, new objectivity , Rainer Maria Rilke, political poetry

一、前言

　　在臺灣詩壇現代主義風起雲湧的1960年代，1964年6月（即由吳濁流創辦的《臺灣文藝》創刊後二個月）由臺灣省籍詩人吳瀛濤、陳千武（桓夫）、黃荷生、趙天儀、白萩、杜國清、薛柏谷、王憲陽、詹冰、林亨泰、錦連、古貝等十二人組織成立了笠詩社，並出版首期的《笠》詩刊。主張純樸、篤實與原始美的笠詩社，雖然一開始仍未和現代主義劃清界限，但之後朝向寫實主義的走向，以及強調臺灣本土的精神，在現代主義發皇的當時，確實走出一條獨樹一格的道路。顯而易見，笠出現之後，其所主張的本土寫實主義正與西化的揭櫫超現實主義的創世紀詩社，在當時乃至後來的發展取得了一個互為對照的地位。

　　在草創時期的笠詩人中，生於1937年的白萩，不僅是笠詩社成立時的發起人之一，更是此時笠詩社中最具代表性的詩人。他於十六歲的少艾年紀即在報紙副刊與詩刊發表詩作，並在十七歲至二十一歲間完成四百多首詩作，而且獲得詩獎，可謂是早慧詩人。也因為成名甚早，二十歲不到便被網羅到現代派，成為當時聲勢浩大的現代派之一員。與同庚的白萩一樣，李魁賢也是笠草創階段的元老級詩人（在第三期加入笠詩社），他在文學刊物上發表的處女作亦是在他十六歲的青春年少時期，並於同年與白萩加盟現代派，在1960年代初陸續出版他的詩集，成為笠頗具代表性的詩人。

　　準此以觀，在笠詩社的資深元老級詩人中，同是屬於臺灣本省籍「跨越語言一代」（從日語轉換到華語）的白萩和李魁賢，不僅有著相似的背景──都屬早慧詩人，更是代表性的臺灣本土詩人──可謂為笠的雙璧，而且兩人從早期的現代主義轉變到後來的寫實主義，又有著相似的發展軌跡，值得在此予以並論。

二、白萩的詩作

如上所述，白萩是1964年臺灣笠詩社成立時的發起人之一，但更早之前的1956年便加入紀弦籌組的現代派，甚至也一度名列《創世紀》的編委。或正因如此混雜的「血統」淵源，也使得他的詩作跨越現代主義與寫實主義涇渭分明的界限。於1958年由藍星詩社出版的《蛾之死》，是白萩邁入臺灣詩壇的首部詩集。這本處女作本身就是一個「奇特的組合」：前半部充滿浪漫主義的激情，而後面則可見前衛的現代主義實驗；但是整體來看，浪漫激情之作仍是佔比較多[1]，如獲得中國文藝協會第一屆新詩獎的〈羅盤〉一詩（1955年發表在《藍星週刊》）即是顯例。初試啼聲的白萩讓人稱道的，則主要在他這些具實驗精神的現代主義之作，尤其是〈蛾之死〉、〈流浪者〉等具形式實驗性質的所謂圖像詩，他以特殊的文字與詩行的排列，來突顯某種具象效果（如蛾飛的象形以及一株絲杉孤單的空間感）。

在1960年代之後，白萩接連出版了《風的薔薇》（1965）、《天空象徵》（1969）、《香頌》（1972），到了1980年代還出版《詩廣場》（1984），可謂為他詩創作生命的豐收期[2]。早期的白萩被譽為「天才詩人」[3]，從他最早的詩作之一的〈羅盤〉開始出手即不凡，一揚手幾無青澀期，雖然如上所述，其首部詩集《蛾之死》充滿不少浪漫激情之作，但是很快他便朝向現代主義的航線，而且其語言又無同時期現代主義詩人那種詰屈聱牙難以卒覩的弊病。

---

[1]　楊宗翰，2005年6月，〈鍛接期台灣新詩史〉，《臺灣詩學學刊》，第5號，頁93。

[2]　除了以上這四本詩集，還有詩自選集《白萩詩選》（1971）、《風吹才感到樹的存在》（1989）、《自愛》（1990），以及詩與評論合集《觀測意象》（1991）。

[3]　李魁賢，2013年，〈七面鳥的變奏——白萩論〉，收入林淇瀁編選，《白萩》，臺灣現當代作家研究資料彙編44，臺南：國立臺灣文學館，頁131。

　　白萩的第二本詩集《風的薔薇》是他對現代主義的實踐，延續的也是他在《蛾之死》中對於前衛的現代主義的實驗。與他這時期所接觸的創世紀詩人鍾情於超現實主義的大膽創新大異其趣的是，白萩在語言上並不賣弄那些晦澀難解的意象，他擷取的現代主義精神，毋寧是較接近於探索人生境遇之意義的存在主義（existentialism）。例如〈標本獅〉一詩描寫「博物館所見」已被做成標本的獅子，牠「無法復聞枯草的香味」，連其獅吼聲亦「已然成為歷史」，而只能像被黏在膠紙上的蒼蠅「盯視著斜陽步過欄干的投影」，如此的存在，意義何在？詩人給出的答案是：「You are the hallow men! / You are the stuffed men!」[4]。

　　再看與詩集同名的組詩〈風的薔薇〉，這首典型的現代主義詩作，展現白萩存在主義式的思考。風中的薔薇「被命定地／成為一株薔薇」，只能「無可奈何地站著」——這是沙特（Jean-Paul Sartre）「存在先於本質」式的命題，就像「人」的存在乃是「父母歡樂後的／副產品」，不能選擇自己的存在，「存在只是存在」，薔薇只是薔薇。其中第四首一連串復沓句的使用，旨在強調這種命定感，並指出「我」其實也是薔薇，到了第六首甚至更進一步說「我只是／空洞的薔薇」。存在主義認為世界是荒謬的，它有待人的充實與肯定，而這得靠人的主動選擇——因為人是自由的，雖然如白萩詩中所言：「自由／創造了／我們的孤獨」，儘管人選擇的「方向只是或然率／時間只給我們一條路／瞻望，前去／我們不知結論」，而且人的存在彷彿是陰暗的房間內「一件沒有軀體的襯衫」，可詩人似也未完全悲觀到底，畢竟「我們無可奈何的選擇」，仍「表現一點點意志」。即便是一點點意志，但如底下這首〈Arm Chair〉所示，縱然面對如星球撞擊這般重大的橫逆與挑戰，仍能堅定不移，完成生命存在的意義：

4　白萩，2005年，《白萩詩選》，臺北：三民書局，頁88。

雙手慣性的張開
在空大而幽深的屋子裡，因斜光
而顯得注目，面對著前端
黑暗之中似有某物
躍來

這蹲立的姿態，堅定，像
捕手待球於暮靄蒼蒼的球場
彷彿一個意志，赤裸地
等待轟馳而來的星球衝擊

生命因孤寂而沉默，在大地之上
悄無聲息地一軀體——
把堅強用本身的形象
化為一句閃光的語言，
靜靜地立在那裡[5]。

　　這首詩表現出詩人堅強的意志，雖然生命因孤寂而沉默，但這張
扶手椅仍以堅定的蹲立姿態，以渺小迎接巨大的挑戰。然則靜立不動
的扶手椅，畢竟只是被動地迎戰，到了下一本詩集《天空象徵》裡的
〈雁〉，逗引著雁的飛行的是在前途無邊際的天空的地平線，而那天
空還是雁的祖先世世代代飛過的天空，面對這樣命定般的考驗，牠們
「仍然要飛行」（此句前後出現兩次），要「不斷地追逐」，即使冷
冷地雲翳冷冷地注視著牠們。這裡的雁群不僅展現如「Arm Chair」

5　同上註，頁97-98。

那般堅強的意志，更且勇敢主動地去接受命運的挑戰，世代的飛行即便是宿命，卻是自己自由的選擇，具現了存在主義的生之意志。雖然《天空象徵》（尤其是「以白晝死去」的九首詩）在精神上失去之前那種熱愛世界的心懷，卻轉而採取和現實對抗的態度[6]，除了迎戰宿命、意志堅強的「雁」之外，還可見〈轉入夜的城市〉中那頭飢餓的「狂獅」，威武地投入格鬥，與噩運搏鬥而毫不屈服。此種和現實抵抗的精神，在白萩日後的詩作裡仍不斷出現[7]。直至此一時期，白萩詩的語言大體上仍承襲之前的特色——深邃但不艱澀，除了最早時期的浪漫感性外（如「給洛利」的系列詩作），他這些哲思性的語言率以知性見長。

　　然而也是在《天空象徵》這部詩集裡，從輯二「阿火的世界」開始，不僅在精神上轉趨一種消極的反抗（給出的是阿火這位小人物自艾自憐的形象），在語言的表現上，更「一反過去那種經過提煉的語言」[8]，而以口語亦即「白話化的語言」入詩，如〈寸土寸金〉這樣口白的用語：「不要來囉嗦／到這世界／又不是我的本意／他媽的／快樂的父親和母親／父親和母親快樂」，詩質幾乎蕩然無存。白萩這一變換航道，從個人生命內在的存在之思轉向小人物外在的生活困境的再現，不可不謂勇敢大膽，而觀看〈養鳥問題〉、〈世界的一滴〉、〈形象〉、〈天空〉裡的「阿火世界」，論者也肯定詩人「以更為土俗的意味探看生活的現實」[9]；縱然如此，相對於他早期的《蛾之死》那種「繪畫性語言」的實驗，類此口語似語言的實驗並不算成功。「阿火的世界」諸詩大約創作在他參與笠詩社之後[10]，顯

6　陳芳明，〈雁的白萩〉，收入林淇瀁編選，《白萩》，頁231。

7　同上註。

8　同上註，頁233。

9　李敏勇，，2009年，〈解說〉，收入氏編，《白萩集》，臺灣詩人選集24，臺南：國立臺灣文學館，頁128。

10　依《白萩詩選》作者自訂的分輯，　天空象徵　（即《天空象徵》詩集）此輯，創作時期為

示他刻意從笠的興起開始轉向，不論是詩作的題材或語言的表現。

　　之後的《香頌》，是一冊在白萩來說很特別的詩集，雖然還偶爾可見在此之前他喜用的「鳥」、「天空」這類常見的意象（如〈藤蔓〉、〈極大至小〉、〈天天是〉），但在語言風格與詩作題材上已然有了突破性的轉變。說它是一部家族詩詩集，似乎還不那麼道地──因爲詩作多半只聚焦在家庭的夫妻情感與生活上（幾乎未涉及家族其他成員），但是這確實可說是「臺灣詩史上，第一冊以家庭背景寫成的詩集」[11]，將詩人瑣碎的家庭生活尤其是夫妻兩人的關係（包括性愛），幾無保留地和盤托出。此詩集之所以被視爲是他家庭生活的寫照，係因詩集第一首詩〈新美街〉開宗明義即標明他家居生活的地點（臺南市新美街），且坦承「在這小小的新美街／生活是辛酸的」，而另一首〈天天是〉更明言：「天天是新美街」，「頓覺世界如此之小」。這本敘寫夫妻相濡以沫的詩集之所以寫實，係因詩人除了大膽地表露夫妻間的性愛生活外，還「洩漏」他的精神出軌，如〈這是我管不了的事〉，直言與妻共守一張床的「我」，在「接吻，做愛，而後疲憊」，心裡仍在想著遠方那位已活在陌生人懷中的她，而說「這是我管不了的事」。顯然白萩並未刻意「粉飾」有所缺憾的夫妻情愛。

　　然而，語言淺白的《香頌》到了後出的《詩廣場》再度稍稍做了調整（輯四除外），當然此時的白萩也沒再回到早期現代主義華麗語言的時代。我們可以看到，在《詩廣場》裡，他仍持續反思生命與存在的問題（如〈SNOWBIRD〉、〈塵埃〉、〈雕刻的手〉、〈露台〉等），就像〈半邊〉一詩提及，世界醒來半邊，而「在鏡中／端詳自己皮表」的詩人乃思索著：「何時死睡的半邊／將全然甦

1964年至1968年。

[11]　陳芳明，1991年，〈白萩（七位詩人素描之一）〉，收入白萩，《香頌》，臺北：石頭，頁181。

醒？」正因爲「存在感」的再度召喚，早期那象徵自由的「天空」
與「鳥」的意象似乎又藉此「還魂」了（包括〈芽〉、〈半邊〉、
〈鷺鷥〉、〈一線〉、〈有人〉等），如〈秋空〉一詩首段即言
「午後的秋空／心一樣自在而無／一絲雲翳」；又如〈鷺鷥〉中的鷺
鷥悠哉地獨自飛著牠的天空。

　　不過，《詩廣場》以及更後出的《觀測意象》引人注意的是，
出現了幾首較爲罕見的政治詩，前書有〈廣場〉、〈暗夜事件〉、
〈火雞〉、〈鸚鵡〉等，而後書有〈致黎刹〉、〈無名勇者歌
讚〉、〈人民草〉、〈紅螞蟻〉、〈水漥——給臺灣〉等。嚴格而
言，前書這幾首政治詩並無具體指涉的政治事件或人物（〈暗夜事
件〉有稍稍觸及「西門路口」），〈廣場〉有新即物主義的味道，與
〈暗夜事件〉、〈火雞〉、〈鸚鵡〉皆可視爲史庫利（James Scul-
ly）所說的異議詩（dissident poetry），這是一種抗衡主流意識型態
的詩，關注人與社會權益的連結，它不是在抒發政治感傷，而是能
賦予人一種深沉的思考和抗辯的基礎，對歷史、政治、社會、文化
有較長遠的勘察與認知[12]。至於後書諸詩現實意味更濃，前四首詩都
有現實指涉者：菲律賓的民族英雄黎刹以及大陸六四天安門事件；最
末一首亦由於副題標示「給臺灣」，而有了明確的指涉對象，雖然詩
裡未明言具體政治事件。其中值得一提的是〈靜物〉一詩，詩開頭即
謂：「武士刀／欺壓著『臺灣通史』／而書／棄絕在桌角／不被翻
閱」，對於日本的殖民統治提出了批判，是哈勞（Barbara Harlow）
所謂的抵抗詩（resistance poetry）[13]，乃在抵抗殖民國家的文化壓
迫，而這也是臺灣較早難得一見的後殖民主義（postcolonialism）詩
作。

---

[12] James Scully, " Remarks on Political Poetry " in *Line Break: Poetry as Social Practice* (Livermore,
California: Bay Press, 1988), pp.3-4.

[13] Barbara Harlow, *Resistance Literature* (London: Metheun, 1987), pp.3-4.

　　白萩創作生涯如前所述雖然起步較早，極早便有代表作出現，創作高峰期主要集中在1960與70年代，但到了《詩廣場》之後，創作量便大爲減少，晚年因受帕金森症的困擾致使創作陷於停頓，未免令人遺憾。

三、李魁賢的詩作

　　在1950年代初現身臺灣詩壇的戰後第一代詩人中，與白萩、林泠、葉珊等年紀相仿的李魁賢，十六歲即以第一首詩〈櫻花〉發表於《野風雜誌》（1953），和上述諸人一樣均可被稱爲早慧詩人。李魁賢最早以楓堤爲筆名發表詩作，在1960年代即出版了三本詩集《靈骨塔及其他》（1963）、《枇杷樹》（1964）、《南港詩抄》（1966），更早在1956年便加入紀弦所領導的現代派。在第四本詩集《赤裸的薔薇》（1976）出版之前，以上這三本詩集的創作可謂爲「楓堤式的抒情時期」，也就是李魁賢創作的早期。

　　楓堤時期的李魁賢，初試啼聲之作難免煥發著青春的少艾情懷，這些詩作雖係出自詩人抒情的感性世界，但他踏入詩壇的起手式顯然脫離不了當時發皇的現代主義氛圍，諸如〈季候風〉、〈幻之踊〉、〈默想〉等詩都有現代主義色彩，與詩集《靈骨塔及其他》同名的〈靈骨塔〉更是典型的現代主義之作。在這冊首部詩集中，詩作不管是否現代主義，一概流露濃郁的感性情懷，甚至還帶點憂傷的抒情，類如「寂寞」、「憂鬱」、「眼淚」（哭泣）等情緒性字眼時不時就出現，這類嚴重感傷性的字眼一直延續至他的第二本詩集《枇杷樹》（兩部詩集寫作時間相差無幾）。而在《枇杷樹》裡更出現一位他早期耽戀的女性人物——惠，惠是他愛戀與抒情的對象，這些合共十七首的所謂「惠詩」，竟佔該詩集的43.6%，幾爲半數，比例不可謂不重。「惠詩」被認爲是詩人創作的主題原型（archetype）之一，同時並指涉兩個層面：一是詩人「對愛情、青春、美麗、激情、思念、憂愁等的抒寫」；二是詩人「對人性提升的讚美

與思考」[14]。事實上，將李魁賢這些「惠詩」視為創作原型，未免誇大其辭。的確，「愛」是李氏後來詩作裡一個居重要地位的主題，唯此「愛」非彼「愛」（惠的愛），愛惠的詩不過是少年詩人癡情的情詩，抒發的是維納斯（Venus）對阿都尼絲（Adonis）般一廂情願的愛戀。反倒是枇杷樹作為此時詩人創作的主題更具原型意味，它一來可視為作者自身之寄寓（如〈向南方的列車〉、〈一株樹的生長〉、〈未終曲〉），二來也是詩人的依靠所在（如〈秋之午〉、〈舞會素描之三〉、〈泉啊〉），與桓夫詩裡的「密林」有異曲同工之妙。

　　到了第三本詩集《南港詩抄》，雖然出現了不少所謂的「工業詩」（或說是工廠詩），敘寫詩人的工廠生活，素材看起來是寫實的，但是詩的基調（mood）仍舊是感性抒情的，如開篇第一首詩〈工廠生活〉首段即直言：「千萬匹馬達的吼聲／如陽光般　穿過密密麻麻的／管線　落下來／黏在黝黑的鋼鐵親屬的肌膚上／因感動而搖擺　而反響／回音如琴弦般／絲絲飄盪」，把馬達的吼聲寫成讓他感動的樂音，以致末段竟說：「聽著那不住的吼聲／我就心安極了　舒泰極了／在凝定中／就加入吼聲　化成一音符／加入汽霧　結成一水珠」。正因為基調如此，所以李魁賢的這些工業詩被認為「存有早期城市詩歡呼現代工業文明的遺韻」[15]，其面對都市與工業文明的態度毋寧是接近未來主義（futurism）的。雖然後來的李魁賢對現代主義不懷好感，但在1960年代中期的楓堤，此時仍未脫現代主義的習氣，例如他在「銀座」（〈銀座〉）的「咖啡店」（〈咖啡店〉）所見就是這種現代主義的光景。

　　真正掙脫年少浪漫情懷的創作則要從他1976年出版的《赤裸的薔薇》開始，然而這時臺灣的文學史也跨越了現代主義時期。與上一

14　楊四平，2001年，《中國新即物主義代表詩人李魁賢》，鄭州：中國文獻資料，頁47。
15　同上註，頁65。

本詩集相隔十年的《赤裸的薔薇》，風貌上有了很大的轉變，此或與李氏加入笠詩社（《笠》第三期）後受到的影響不無關係。上述提及的在他加入笠之後始出版的《南港詩抄》，雖說不脫浪漫情懷，但已少見初時那種爲賦新詞強說愁的感傷似宣洩，而且詩集中在臺灣詩史上難得一見的工廠詩，其實也已經碰觸到冷酷的現實。《赤裸的薔薇》宣告楓堤時代結束，登場的是從內在現實逐漸轉向外在現實的李魁賢。感性褪去、理性抬頭的創作中期，對李魁賢來說，首先是使用的語言更爲質樸——這也是笠集團的詩人共有的特徵。事實上，早期即便是若干表現現代主義的詩作，李魁賢的語言仍不像同時期的創世紀詩人那樣詰屈聱牙，晦澀難解。其次是他的反思性（或思想性）增強，譬如〈時間〉、〈陷阱〉等詩，乃至他首度出現的旅遊詩輯（〈旅歐詩抄〉）裡的旅遊詩（如〈教堂墓園〉），都不乏這種哲思性。其中不少詩作甚至還具濃烈的批判性，如膾炙人口的〈鸚鵡〉這首諷刺詩，表面上是在諷刺唯命是從的人，骨子裡則是在批判爲政者的愚民政策——所以這也是一首典型的政治詩。

　　之所以會讓李魁賢的表現有所轉變，咸以爲與此之際他開始接觸德國詩人里爾克（Rainer Maria Rilke）並翻譯他的作品有關。從1967年起他即陸續翻譯出版里爾克的相關著作（以及其他德國詩選），而里氏的另兩本扛鼎之作《杜英諾悲歌》與《給奧費斯的十四行詩》，李魁賢更在1969年同時完成其中譯本的出版。可以說，他於此時寫就的〈黃昏樹〉、〈鸚鵡〉、〈陷阱〉等詩，多少都有里氏〈賣春婦〉、〈鸚鵡園〉、〈豹〉等詩的影子；而里氏擅長的詠物詩（如著名的〈豹〉、〈紅鸛〉、〈黑貓〉等），對他後來大量的詠物詩亦不無影響。不過，里爾克對他的影響也不必被誇大。早期的里爾克傾心於印象主義（impressionism），而印象主義有非思想化的傾向，強調「在感覺轉化爲感情的一刹那抓住那瞬間即逝的印象」，

常以「伴生感覺」（由一種感官引發另一感官的感覺）手法[16]，表現其印象的主觀性，也因而往往流露悲觀的情緒乃至帶有頹廢的色彩（如里爾克的〈秋〉、〈孤獨者〉等詩）。如上所述，李魁賢早期詩作雖也有主觀印象式的悲觀情緒，但仍不能率爾比附里氏的印象主義[17]；再者，里氏後來轉向（後期）象徵主義，詩作「以對人生和宇宙的深刻玄想以及新奇的形象著稱」[18]，尤以《杜英諾悲歌》與《給奧費斯的十四行詩》爲此時期的代表。但是綜觀李魁賢前後期的詩作，都罕見有里爾克式神祕主義的傾向，特別是晚期的詩作，由於語言極爲透明，語意清晰可見，與里爾克簡直是背道而馳[19]。

　　《赤裸的薔薇》之所以讓詩人自己看重，也是他邁向現實世界的轉振點，除了受惠於里爾克的啓發外，更大原因是他早先萌發的新即物主義（new objectivity）此時開始有所展現，如〈正午街上的玫瑰〉、〈蒼蠅〉、〈盆景〉等詩，這些新即物主義的抒事詩，以「知性的抒情表現」把握外界事物，直搗物象的核心。一般認爲笠詩社提倡新即物主義，但有關新即物主義的主張，除了杜國清、陳千武等少數詩人的論述有所觸及外，笠詩人中鮮少有完整的論著加以釐清；而轉介自日本村野四郎與笹澤美明的新即物主義[20]，除了杜國

---

[16] 袁可嘉主編，1991年，《歐美現代十大流派詩選》，上海：上海文藝，頁183。

[17] 李魁賢是從1965年起才著手翻譯里爾克的詩作、書簡與傳記，而《靈骨塔及其他》與《枇杷樹》二本詩集皆早於1965年出版。

[18] 袁可嘉主編，頁269。

[19] 李魁賢在〈從里爾克到第三個世界的詩〉一文中曾拿自己來和里氏比較，他說：「在態度上，里爾克是超脫的，我是比較介入的。」轉引自鄒建軍，〈論李魁賢的詩學觀〉，收入李魁賢，1993年，《祈禱》，臺北：笠詩刊社，頁114。這一番夫子自道的說法，也頗有道理。

[20] 新即物主義一詞亦出自日人茅野蕭蕭教授的翻譯。參閱杜國清，〈《笠》詩社與新即物主義〉，收入東海大學中文系主編，2005年，《戰後初期台灣文學與思潮論文集》，臺北：文津，頁215。

清、陳千武、白萩、鄭炯明等人外，就屬李魁賢有意為之，而這又得
接上里爾克這一德國的源流了。新即物主義是日本詩壇從德國引入的
理論與創作主張，而在德國它又係自表現主義（expressionism）發
展而來[21]，也可說是在表現主義裡混合了寫實主義的色彩，「強調用
主觀感受的眞實去代替客觀存在的眞實」[22]，而里爾克《形象之書》
與《新詩集》時期的作品便有此表現主義的傾向，也因此被視爲表現
主義的先驅；李魁賢研究與翻譯里氏之詩，自然而然從他那邊接上
衍變而來的新即物主義。除了上述諸詩，後來收在《水晶的形成》
（1986）裡的〈檳榔樹〉一詩即是新即物詩的代表：

　　　　跟長頸鹿一樣
　　　　想探索雲層裡的自由星球
　　　　拼命長高

　　　　堅持一直的信念
　　　　無手無袖
　　　　單足獨立我的本土
　　　　風來也不會舞蹈搖擺

　　　　愛就像我的身長
　　　　無人可以比擬
　　　　我固定不動的立場
　　　　要使他知道
　　　　我隨時在等待

---

[21]　陳俊榮，2007年12月，〈杜國清的新即物主義論〉，《當代詩學》，第3期，頁52。
[22]　楊四平，頁140。

> 我是厭倦游牧生活的長頸鹿
> 立在天地之間
> 成為綠色的世紀化石
> 以累積的時間紋身
> 雕刻我一生
> 不朽的追求歷程和記錄[23]

首段開始雖將檳榔樹比擬爲拼命長高的長頸鹿，基本上仍算是客觀性地描寫，但也寫出檳榔樹的心聲。次段說檳榔樹單足無袖且不隨風搖擺，乃是客觀存在的事實，但也顯示它內在那堅持「一直」的信念。以上這兩段大體上係詩人就檳榔樹客觀的即物性而發，但接下來的第三段以及第四段的「自述」，則已經是詩人進入檳榔樹的內在去感受它的思想，也就是將客觀主觀化了；反過來說，此亦無妨視爲詩人的藉物抒情（或言志），於是物我在此就有了交融，在「寫實」的同時也有了「表現」── 此種表現手法也可能得益於里爾克的詠物詩，而李魁賢讓人稱道的詩作多半具有這樣的特色。

　　《水晶的形成》和另一冊《李魁賢詩選》（1985）是李魁賢在1980年代交出的兩本詩集，此時的他語言放得更鬆，這當然也算是他向笠詩社的「回歸」，而質樸的語言一向是笠的特點。比較特別的是，在《李》書中出現童詩的創作（第四輯〈變奏〉），可見他想拓寬創作領域。但讓人更爲印象深刻的是這本詩集中出現的大量的政治詩，其中對於政治犯這樣的人物（受刑人）尤爲著力，如〈古木〉、〈文告〉、〈留鳥〉等詩，寫出他們渴望民主自由的心聲。從這時起，李魁賢對政治詩似有濃烈的興趣，之後包括在1990年代出版的《永久的版圖》（1990）、《祈禱》（1993）、《黃昏的意

23　李魁賢，2001年，《李魁賢詩集（第四冊）》，臺北：行政院文化建設委員會，頁35-36。

象》（1993），政治詩都是詩集裡的要角，他也不諱言自己的政治立場（〈獨立憲章〉一詩即為顯例），始終堅持臺灣主體性，譬如〈名字〉一詩提及自己的名字有西洋名、東洋名、漢名，乃至於筆名，但總不如臺灣名ㄅㄨㄟ ㄏㄧ ㄢ來得親切，而這也是他希望聽到的名字。但是像〈對蹠的意象〉、〈紅柿〉等詩，尤其《黃昏的意象》〈社會寫實〉一輯，其語言都流於散文化，詩味盡失，遠不如〈石雕──泉州老君岩〉（借古諷今）與〈鵝掌藤〉（指桑罵槐）等旁敲側擊式的批判。或因此故，在2000年政權輪替之後，他的政治詩便大量銳減，收在《千禧年詩集》[24]裡的〈五月〉一輯（該年五月民進黨上台執政），因為「季節在改寫歷史」，於是五月有陽光、有和風、有歌謠……是「慶典的季節」，是詩人「新世紀的愛」。此一態度之丕變，自是不難理解。

政治詩（社會詩）當然不是後期李魁賢詩作的全部，甚至亦非其創作核心；雖然此時的他語言流於淺白，卻仍極力拓寬各種題材，如寫臺語詩、旅遊詩、水果詩、海鮮詩，乃至於「貓詩」（以貓為抒寫對象）等等，《千禧年詩集》裡的第一輯〈給台灣的後代〉甚至嘗試「從詩題開始」寫作（以首行詩句為詩題）[25]，以創造新的詩體。事實上，從《赤裸的薔薇》之後轉向現實世界的李魁賢，抒情的本心始終如一，在晚期的作品裡仍可處處感受到他的「有情」，而「愛」才他詩作的關鍵詞──不論是小我之愛抑或大我之愛。他讓人稱頌的多半是寫得極佳的新即物詩，而這正是他在客觀的事物上傾注他的有情有以致之。

---

24 《千禧年詩集》未單獨成冊出版，係李魁賢在出版《李魁賢詩集》六大冊（收錄至2001年為止所有的詩作）（2001）中，將最新末及成冊出版的詩作另輯一種編入第一冊裡。

25 孟樊有一本詩集《從詩題開始》（2014）作法亦同，即以題目作為詩作的首行起興寫作。唯該冊詩集並非乞靈於李魁賢。

四、結論

　　同是早慧詩人的白萩與李魁賢，創作極早起步的他們，曾一起加入紀弦領銜的現代派，在笠詩社成立後，同時成為草創時期同仁的他們，又從現代主義轉向，詩作轉趨寫實，有相似的發展軌跡。基於上述的討論，可以歸結他們兩人在詩創作上的異同之處。

　　首先，白萩和李魁賢兩人在創作上的相似之處：

　　第一，兩人初試啼聲的最早期，不乏浪漫的年少情懷，難免都帶有濃郁的抒情，如白萩的「洛利詩」以及李魁賢的「惠詩」，詩中分別出現的「洛利」與「惠」，除了是他們愛戀的對象外，也是精神寄託的對象。不過，這段少艾的抒懷時期為期不長，緊接著便是步入現代主義的時期。

　　第二，如上所述，在1950年代中期加盟現代派的他們，直到1960年代為止，詩風大體上延續著現代主義的精神。白萩要等到1960末期《天空象徵》之後，而李魁賢則要到1970年代中期的《赤裸的薔薇》出現，他們才真正轉向寫實的路線，語言跟著放鬆。

　　第三，然而，即便在早期的現代主義時期，白萩和李魁賢的語言仍有其與創世紀不同的風格，語言的表現不會有後者那種隔閡與難解，更不像後者的超現實主義（surrealism），以繁複多姿卻是詭譎晦澀取勝。簡言之，他們的詩語言雖不晦澀難解，卻也不全是淺白透明。

　　第四，在1970年代開始轉向寫實的白萩與李魁賢，如上所述，語言轉趨淺白，甚至出現大量的口語；更為入世的此時，政治詩便自然而然被放進他們的寫作日程上，只是多半的政治詩都顯得平白無味，雖然仍可見到少數如〈廣場〉、〈鸚鵡〉這類佳作。

　　其次，白萩和李魁賢兩人在創作上的相異之處：

　　第一，若進一步看，在他們兩人早期現代主義創作的階段，白萩顯見受到西方存在主義的影響，像〈Arm Chair〉、〈雁〉等代表詩

作就塗抹有存在主義的色彩；但李魁賢的現代主義詩作便較無存在主義的精神，他反而承襲了德國詩人里爾克的若干風格。

　　第二，以他們令人樂道的作品而言，類如〈廣場〉、〈鸚鵡〉這些佳作，多半是兩人為人稱頌的所謂新即物主義詩——這也是笠詩人與創世紀的超現實主義取得對蹠的主要所在。但關於「新即物詩作」，李魁賢較諸白萩更為著力經營，也繳出更多的成果。

　　第三，雖然白萩和李魁賢創作起步極早，但是前者在1990年代之後創作量即銳減（或因其健康因素有以致之），後者則創作不輟，越過千禧年到了二十一世紀，仍不時有作品出現。換言之，李魁賢的詩創作力較為旺盛，也因此其詩生涯更為久長。

　　然而無論如何，迄今仍屹立不搖的笠詩社與《笠詩刊》，白萩與李魁賢都是此一集團的代表性詩人，從他們同庚的年齡以及長久的創作展現，堪稱「笠的雙璧」，在臺灣詩史的發展上確應記上一筆。

引用書目

白萩，2005年，《白萩詩選》，臺北：三民書局。
──，1991年，《觀測意象》，臺中：臺中市立文化中心。
──，1984年，《詩廣場》，台中：熱點。
──，1972年，《香頌》，臺北：笠詩社。
──，1969年，《天空象徵》，臺北：田園。
──，1965年，《風的薔薇》，台中：笠詩社。
──，1958年，《蛾之死》，台中：藍星。
李敏勇，2009年，〈解説〉，收入氏編，《白萩集》，臺南：國立臺灣文學館。
李魁賢，2013年，〈七面鳥的變奏——白萩論〉，收入林淇瀁編選，《白萩》，臺南：國立臺灣文學館。
──，2001年《李魁賢詩集》（一冊），臺北：行政院文化建設委員會。

──，2001年，《李魁賢詩集》（二冊），臺北：行政院文化建設
　　委員會。

──，2001年，《李魁賢詩集》（三冊），臺北：行政院文化建設
　　委員會。

──，2001年，《李魁賢詩集》（四冊），臺北：行政院文化建設
　　委員會。

──，2001年，《李魁賢詩集》（五冊），臺北：行政院文化建設
　　委員會。

──，2001年，《李魁賢詩集》（六冊），臺北：行政院文化建設
　　委員會。

杜國清，2005年，〈《笠》詩社與新即物主義〉，收入東海大學中
　　文系主編，《戰後初期臺灣文學與思潮論文集》，臺北：文津。

孟樊，2014年，《從詩題開始》，臺北：唐山。

袁可嘉主編，1991年，《歐美現代十大流派詩選》，上海：上海文
　　藝。

陳芳明，2013年，〈雁的白萩〉，收入林淇瀁編選，《白萩》，臺
　　南：國立臺灣文學館。

──，1991年，〈白萩（七位詩人素描之一）〉，收入白萩，《香
　　頌》，臺北：石頭。

陳俊榮，2007年12月，〈杜國清的新即物主義論〉，《當代詩學》
　　第3期，頁48-67。

楊四平，2001年，《中國新即物主義代表詩人李魁賢》，鄭州：中
　　國文獻資料。

楊宗翰，2005年6月，〈鍛接期臺灣新詩史〉，《臺灣詩學學刊》第
　　5號，頁37-106。

鄒建軍，1993年，〈論李魁賢的詩學觀〉，收入李魁賢，《祈
　　禱》，臺北：笠詩刊社。

Harlow, Barbara (1987). *Resistance Literature* London: Metheun.

Scully, James (1988). "Remarks on Political Poetry" in *Line Break:
　　Poetry as Social Practice.* Livermore, California: Bay Press.

余怒詩歌中的圓

聶豪

國立中央大學中文系碩士班

摘要

　　從「糞堆」到「糞球」，再從「糞球」到「水晶球」，余怒詩歌中與圓有關的意象，透露出作者成長於大躍進、文化大革命時期的歷史背景，而這些歷史事件所造成的悲劇，為後代中國人遺留下生存與道德互相傾軋的兩難習題。余怒藉由獨創性的詩歌語言，將此兩難習題顯題化，並提供了一種帶有《莊子》學意味的「圓」的因應之方。

關鍵詞：余怒、現代詩、大躍進、圓、莊子

Circle of Yu Nu's Poetry

Nieh Hao

（Chinese Literature Departmen of National Center University, M.A）

Abstract

From "dunghill" to "stool ball" and then from "Stool ball" to "crystal ball" of the imagery and poetry, revealing the Yu Nu growth in the historical background of the Great Leap Forward, the Cultural Revolution historical background, and these the tragic historical events caused by the Chinese people left for moral dilemma each other down the exercises. With the poetic language, describing survival and moral dilemmas, and to provide a Chuang Tzu-like solutions.

Key words: Yu Nu、poetry、Great Leap Forward、circle、Chuang Tzu

前言

　　余怒的詩歌被當代大陸詩人于堅稱許爲「九〇年代倖存的神經之一」[1]。所謂「神經」，當是指余怒詩歌的敏感度，不僅是對語言的張弛把握有度，同時也是針對余怒詩歌所反映出的當代人的生存情境而言。

　　本文意圖透過「余怒詩歌中的圓」的主題性探究，掘發余怒詩歌中的語言敏感度與政治敏感度。本文所採用的研究方法，是以現象學詮釋學來描述詩歌現象的本質。根據胡塞爾的定義，現象是指吾人所意向的對象，亦即呈顯在我們意識中的事物，爲了更加精確地描述現象，我們應把自己對事物的成見「放入括弧」存而不論，回到事物本身，以求對原已習以爲常的事物重新進行思考。胡塞爾的現象學描述立基於意識的先驗性，即我們之所以能夠保證自己意識之中的事物存在，乃是因爲人的意識本身先驗地存在，無法爲其尋找其他的存在根由[2]。

　　海德格繼承了胡塞爾關於回到事物本身的呼籲，卻並未由意識哲學入手，轉而從存有論的進路指出，現象是隱藏不露、遭到遮蔽或以僞裝的方式現身的事物，和通常顯現的事物相對，但「同時它又從本質上包含在首先和通常顯現著的東西之中，其情況是：它造就著這類東西的意義與根據」[3]。與胡塞爾不同的是，海德格爲現象加入了意義這一維度，這就意味著，當我們在進行現象學描述時不僅在說明被我觀看的客體如何在意識中生成、呈顯，同時還要考察自己作爲一個

---

[1]　于堅，2008年1月，〈余怒：反對水泡〉，收入《大象詩志》卷二，頁179。

[2]　倪梁康，1999年，《胡塞爾現象學概念通釋》，北京：三聯書店，頁398-399。

[3]　Martin Heidegger著，王慶節、陳嘉映譯，1998年，《存在與時間》，臺北市：桂冠圖書股份有限公司，頁48。

向死而生的「此在」（Dasein）在面對事物時的各種境遇及其變化，因爲「此在」的生存圖式即是去理解（understanding）與之照面的事物，並向著這些事物的可能性來籌畫自己的存在[4]。

準此，對海德格而言，究竟世界上什麼事物最能揭露隱而未顯的現象呢？或者說，對「此在」而言，用以描述現象的恰當方式爲何？爲了解答這一問題，海德格的後期思想轉而著重探討藝術，他認爲「作爲存在者之澄明和遮蔽，眞理乃是通過詩意創造而發生的」[5]，而在詩意創造的諸多方式中，「狹義的詩（Dichtung），在整個藝術領域中是佔有突出地位的」[6]。由詩意的藝術創作所生發的不是不及物的眞理，而是與整個人類歷史相關，甚至比曾經發生的歷史事件更爲根本的精神歷史，「藝術乃是根本性意義上的歷史」[7]。於是海德格開始討論里爾克、荷爾德林等人的詩，並以其現象詮釋學方法，以既有的知識體系對涵義不明的詩句進行解讀，形成從整體到部分，以已知解讀未知，再以從未知翻轉成的已知部分，用以解讀其餘未知部分的詮釋循環。本文將會借鑑海德格論詩的方式，並輔以傳統中國詩學的「知人論世」，將余怒的詩作放回作者成長的歷史脈絡下進行解讀，藉由創造性的越界詮釋，讓詮釋者視域與作者視域形成視域融合[8]，共同生產文本的意義。

---

[4]　Martin Heidegger著，王慶節、陳嘉映譯，《存在與時間》，頁206。

[5]　Martin Heidegger著，孫周興譯，2015年，《林中路》，上海：上海譯文出版社，頁55。

[6]　Martin Heidegger著，孫周興譯，《林中路》，頁56。

[7]　Martin Heidegger著，孫周興譯，《林中路》，頁61。

[8]　Gadamer指出：「在理解中所涉及的完全不是一種試圖重構文本原義的『歷史的理解』。我們所指的其實乃是理解文本本身。但這就是說，在重新喚起文本意義的過程中解釋者自己的思想總是已經參與了進去。就此而言，解釋者的自己的視域是具有決定性作用的，但這種視域卻又不像人們所堅持或貫徹的那種觀點，它乃是更像一種我們可參與或進行遊戲的意見或可能性，並以此幫助我們真正佔有文本所說的內容」。參見加達默爾著，洪漢鼎譯，1993年，《真理與方法：哲學詮釋學的基本特徵》，臺北市：時報文化，頁499。

　　本文選擇的研究對象是結構類似，在意象發展上也有繼承關係的兩首長詩：〈猛獸〉及〈飢餓之年〉。本文第一部分先藉由對〈猛獸〉及〈飢餓之年〉的詩句進行釐析，提出那些讓人印象深刻的意象背後可能暗示著歷史的兩難習題，繼而在第二部分，透過對〈詩學〉系列諸作的解讀，從余怒夫子自道式的詩句中，尋找相關的因應線索。

一、從「糞堆」到「糞球」：兩難習題的顯題化

　　根據余怒的創作年表，1994年時詩人為了治療白癜風[9]（一種慢性皮膚病，症狀為皮膚上出現形狀不規則的淺色塊狀、點狀斑痕），而遵照醫囑每日在烈陽下曝曬四個小時。或許是生理上遭受烈日曝曬之苦，成為詩歌創作的契機[10]，帶動了之後長詩〈猛獸〉[11]的寫作，〈猛獸〉共一千三百餘行，分成三個主要章節，在主要章節之下又分成若干小節。第一章名為「柵欄」，第二章名為「表象」，第三章名為「回聲」。其中第二章「表象」的詩句不作分行，並從他處

德國哲學家Gadamer所提出的觀念。參見帕瑪著，嚴平譯，1992年，《詮釋學》，臺北市：桂冠，頁235。

[9]　參見維基百科「白癜風」。網址：https://zh.wikipedia.org/wiki/%E7%99%BD%E7%99%9C%E9%A3%8E。（2016/5/15）

[10]　余怒嘗在一次訪談中，自陳寫作〈猛獸〉時的感受：「〈猛獸〉我寫得的確很苦，整整有半年時間，幾乎每一個晚上我都寫到深更半夜。那是1995年。可能這次寫作與我的個人經歷有一點關係。我聽信了一位醫生的話，採取曝曬的方式來治療我的疾病，但收效甚微。在每日4小時脫光了衣服一動不動地站在屋頂讓日頭曝曬的過程中，我心中的感慨實在是太多了。但這樣的心理波動顯然影響了我的神經中樞，使之興奮了起來，轉而化作了創作的動力。」參見余怒，2004年，《余怒詩選集》，北京：華文出版社，頁477。

[11]　余怒，1999年，《守夜人》，臺北市：唐山出版社，頁143。

摘錄語句穿插於詩行之中，造成一種拼貼效果；第三章「回聲」則以
詩劇的方式呈現，透過四個虛構人物輪流發聲，結構頗為特殊。詩評
家黃梁認為〈猛獸〉「在語義的不定向散射中傳達世紀的荒謬感，內
聚毀滅性的悲劇力量」[12]。在〈猛獸〉中，余怒對人類受到生物性本
能制約的生活情狀的反省，達到了高峰，並創造出不容讀者忽視的
警策詩句，例如〈猛獸〉第三章「回聲」的詩劇中，「軟骨人」和
「植物人」的一段對話：：

> 軟骨人：世界是一隻甲蟲統治的糞堆
> 植物人：世界是你身上的肉[13]

　　在這句看似充滿厭世心情的詩句中，我們能看出除了自暴自棄的
情緒以外的東西嗎？首先，發話者「軟骨人」與「糞堆」在直觀的形
狀上具有某種相似性。以下先剖析「軟骨人」的形狀，再描述「糞
堆」的形狀，將兩者做一對照。

　　〈猛獸〉第四章稱「軟骨人」的外貌為「短頸，肥胖，渾圓，形
同無殼的牡蠣」[14]，牡蠣是一種沒有脊椎的軟體動物，其滑溜、柔嫩
的灰白色軀體之外包裹著一層牡蠣殼，向來就是餐桌上的佳餚。無論
是牡蠣肉或牡蠣殼，均呈現不規則的形狀。除了「軟骨人」被形容
為像無殼的牡蠣之外，〈猛獸〉的第二章也曾出現過：「金姑娘剝
去鍍金層／成了一灘牡蠣肉」[15]。「金姑娘」直接「成了」「一灘牡
蠣肉」，「軟骨人」卻只是因其體貌之肥胖渾圓等特徵，被形容為
「無殼的牡蠣」，前者的隱喻已為後者的明喻留下伏筆。而一灘之

12　余怒：《守夜人》，頁16。
13　余怒：《守夜人》，頁126。
14　余怒：《守夜人》，頁125。
15　余怒：《守夜人》，頁113。

「灘」右邊的結構「隹」本爲「鳥」，乃爲古今字，灘字兼水之濡濕與水之乾涸兩義[16]，水跡本無一定的形狀，如同鮑照詩云：「瀉水置平地，各自東西南北流」，故以灘字作爲平面上流動擴散的液體的量詞。

　　〈猛獸〉以「一灘」作爲牡蠣肉之量詞，而不以「一顆」或「一個」作爲牡蠣肉之量詞，容或即是要以水的流動帶出牡蠣肉不規則的形狀與難以捉摸的滑溜感。循此而觀，雖然軟骨人的形貌特徵是「短頸，肥胖，渾圓」等看似具體而安定的形態，但一經形容爲「無殼的牡蠣」，即讓看似穩定的形狀中含有不安定的因子（牡蠣肉的流動感與滑溜感）。被軟骨人界定爲「一隻甲蟲統治的糞堆」的世界，則是在輪廓模糊不安定的不規則形狀（糞堆）中蘊含著成爲有清楚輪廓的具體形狀的潛能（糞球）。因此，緊接而來的下一句詩行，「植物人」遂對「軟骨人」說：「世界是你身上的肉」，挑明了「軟骨人」與「糞堆」之間的辯證關係。更耐人尋味的是，「世界 —— 軟骨人身上的肉 —— 糞堆」這一組複合意象，均受到「甲蟲」的統轄管控。這也讓「甲蟲」一詞同時與三種互有差異卻彼此關聯的意象分別產生互動。

　　「甲蟲」相對於「世界」而言，可以代表人類對於生命起源的神聖聯想，例如在古埃及人眼中，推糞的聖甲蟲「暘谷蜣」是創造神克普睿（Re-Khepere）的象徵，意味著事物的「轉化」與「發生」[17]；「甲蟲」相對於「軟骨人身上的肉」而言，可以象徵「軟骨人」這一虛構角色的內在生存意志，統整掌控著「軟骨人身上的肉」所代表的

16　〔東漢〕許慎著，〔清〕段玉裁注，2002年，《圈點說文解字》，臺北市：萬卷樓，頁560。

17　「這種推滾糞球的勤勉甲蟲，後代以蟦蠐形體從糞球奇蹟般自行產生，對古埃及人而言極符合克普睿自行發生的『世界創造者』形像，因為在古埃及創造神話中，克普睿曾稱：『我從自己作出的原始物質中自行產生』揭示了生命永恆再現的可能」。詳參陳克敏，2002年，《糞金龜的世界》，臺北市：貓頭鷹出版社，頁49-50。

外在形軀，乃是余怒對甲蟲推糞的寓言式新詮，深具創發性的獨特聯想；「甲蟲」相對於「糞堆」而言，既可以特指作者描寫自己親眼所見的甲蟲推糞的情景，又可以泛指在作者親眼所見的範圍以外，上下四方古往今來所有甲蟲推糞的情景，前者為特稱命題的殊相，後者為全稱命題的共相，均是對於現實世界的具體描寫。若再加上古埃及文化中對甲蟲推糞的神話聯想，以及余怒個人對甲蟲推糞的寓言式新詮，即由「甲蟲」意象中衍生出「（現實的）殊相／（現實的）共相／（想像的）神話聯想／（想像的）寓言新詮」這一組迴環交映層疊複沓的四元結構。而詩中甲蟲推糞的形象則恆在此殊相／共相／神話聯想／寓言新詮的四元結構之間迴盪。「甲蟲推糞」不僅是厭世心緒的抒發，更是一種遮撥語，藉由否定人們對世界的既有認知，指向一種意義更為豐富的世界圖像。

　　「甲蟲推糞」的情景不只出現於余怒的前期詩歌〈猛獸〉，亦出現於後期的余怒詩歌〈飢餓之年〉：

　　　　自然法則和心中的道德律，像球和圓心，而我們不過是被發明出來的工具，如圓規。優勝劣汰，適者生存。屎殼郎推糞球，越推越大越邪乎。再怎麼說，糞球是它的食物阿。編籃子的、賣大餅的、送信的、修收音機的，不都是為了一顆糞球？——你的想法是對的。所有的真理，在這顆糞球面前都會失去它的邏輯性，被它擊得粉碎。我們活著，還不都是為了一顆更美味的糞球？我希望未來人類不要嘴巴和胃，與烏賊水母雜交，培育出新人類。火星人。泰坦星人。歐羅芭星人。偉大的雜交實驗。那時不會有爭執，不會有戰爭，我們活得像電影中的湖面上的天鵝，不吃魚也不喝水，優哉游哉。胃決定

我們的性格。沒有糞球的世界是個快樂天堂。[18]

在〈飢餓之年〉中，「甲蟲」變成了「屎殼郎」，讓「甲蟲推糞」的場景隨著甲蟲稱謂的口語化而變得在地化，變得更具中國特色，同時也呼應了〈飢餓之年〉半自傳性質的書寫。〈猛獸〉中甲蟲所統治的「糞堆」，到了〈飢餓之年〉則變成屎殼郎所推動的「糞球」，雖然兩者同樣作為世界的隱喻，然而在〈猛獸〉中隱而未顯的涵義，在〈飢餓之年〉中卻益形彰顯。糞堆是尚未成形的糞球，糞球是已然成形的糞堆，從輪廓模糊的糞堆到輪廓清晰的糞球，象徵生存的畛域逐漸形成。

在球狀的生存畛域之中，充斥著許許多多的矛盾與衝突。包括先天的善：「自然法則和心中的道德律」，以及後天的惡：「優勝劣汰，適者生存」。在Kant的超驗哲學中，人類被描述為能夠透過定言令式自我立法，以符合內心先天的道德律，並藉由實踐理性的發用去過一種道德的生活，人類的感性直觀無法企及的物自身，即有可能在此道德生活中自行顯現。因此，詩人將「自然法則和心中的道德律」比喻為「球和圓心」，象徵著自然法則與心中道德律的關係就如球與圓心的關係一樣無法拆分，而將「我們」比喻為「圓規」，象徵著唯有人能身體力行地去過符合道德的生活，就如圓規之能繪製出平面的圓形和圓心，作為生活這個立體球形的基底，圓規賴以繪製圓形的幾何原理即是自然法則，和人類內心的道德律一樣並非人所發明，而是先天地存在於世界之中，只能為人類所發現。

然而，之所以人必須過一種符合道德的生活，其背後即隱藏著人

類的生存背景其實是不道德的，充滿了「優勝劣汰，適者生存」的弱肉強食。雖然生物界的弱肉強食只是各個物種爲求繁衍生存的自然情況，無所謂惡或善，因爲除了人以外的動物並沒有反思判斷善惡的能力，只是依循著自身的天性而活；但人作爲所有存有者中唯一會反省判斷善惡，追問存在意義的此在（Dasein），其行爲卻是有善有惡可言，此爲人與動物的殊異之處。是此，一旦人類的存在介入世界之中，即會使世界恆常地陷入善與惡的拉扯之中。且善與惡的界定往往沒有固定的標準，「彼亦一是非，此亦一是非」，人類時常以自身之標準衡定善惡，造成「是亦一無窮，非亦一無窮」，而人類的生存即裹挾著無窮無盡的是是非非如頑童滾雪球、甲蟲推糞球般向前移動，使得人類的存在感如吹氣球般不斷自我膨脹。在這團複雜如毛線球般的人存實感之中，又可以抽繹出一條最爲基本的線索，循此線索進一步檢視「糞球」在詩中的意義。這條最爲基本的線索即是「食慾」。

〈飢餓之年〉提示了讀者：「再怎麼說，糞球是它的食物阿」，「糞球」一方面象徵著生存畛域裡是非交雜善惡難明的混亂情狀，另一方面也是屎殼郎賴以維生的食物，象徵著基本生存需求 —— 食慾之滿足。由此，被屎殼郎推動而越滾越大的「糞球」，即衍生出兩種詮釋進路的互相傾軋：生存與道德孰輕孰重？當食慾無法獲得滿足時，吾人能夠行使道德嗎？若返照余怒出生時大陸的時代情境，容或能使我們更爲清楚提出這個問題的歷史脈絡，並明瞭藉由「甲蟲推糞」意象將此一問題顯題化的必要。

二、大躍進、大饑荒和余怒：互相轉化的歷史情景與詩歌語境

在西元1957年到1958年，毛澤東宣布中國的經濟發展將在十五年內超過或趕上英國，並要求增加國內農業及工業的生產指標，隨後施行了一連串的措施，包括群眾性水利建設運動，徵調數億民眾離鄉

背井工作，在許多地方成立人民公社，取消財產私有制，人民的日常生活均採軍事化的集體管理，實施大煉鋼運動，此時中國各地開始出現饑荒的徵兆。接下來從西元1958年到1962年的「大躍進」時期，由於中共黨中央施行經濟政策上的躁進，各個層級的地方幹部盛行浮報糧食產量，例如1958年全國實際糧食產量約為4000億斤，但領導根據所有豐收的報告，將糧食產量估計為8400億斤，並根據這個虛假不實的數字強行徵糧。[19]1961年中共內部開始出現檢討大躍進的聲音，1962年整個大躍進運動方才逐漸踩了煞車，但已造成了無可磨滅的後果。根據保守估計，從1958年到1962年這段期間，因饑荒及其他伴隨而來的人禍天災「非正常死亡」的人數，至少達到4500萬人。[20]

　　根據大饑荒倖存者的口述歷史，1958年到1962年間饑荒最為悽慘酷烈的時候，甘肅一帶有人吃人的情況發生，甚至有人餓得將小孩子的糞便曬乾後吃了[21]。不只甘肅一省，其他省分如雲南、四川、廣東等地，皆有販賣、煮食人肉的紀錄。而這些吃人肉的人，並非天生就是食人魔，毋寧說他們都是為國家機器的政治暴力逼上絕路，與被吃的人一樣每天在生死線上掙扎，最後終於犯下慘絕人寰的食人罪行。[22]饑荒所造成的影響，既已出現人吃人的極端案例，其他為了覓食求存而行使的偷搶拐騙等伎倆自然無可勝數。當饑餓成為常態，人民公社的幹部更將剋扣糧食作為強迫農民從事重勞動、管控大眾的手段。

19　關於大躍進期間的饑荒相關資料，部分徵引自Frank Dikötter著，郭文襄、盧蜀萍、陳山譯，2012年，《毛澤東的大饑荒：1958-1962年的中國浩劫史》，新北市：印刻文學，頁84。

20　Frank Dikötter著，郭文襄、盧蜀萍、陳山譯，《毛澤東的大饑荒：1958-1962年的中國浩劫史》，頁298。

21　依娃，2013年，《尋找大饑荒倖存者》，香港：明鏡出版社，頁439-446。

22　Frank Dikötter著，郭文襄、盧蜀萍、陳山譯，《毛澤東的大饑荒：1958-1962年的中國浩劫史》，頁286-289。

　　余怒家鄉所在的安徽省，在大躍進造成的大饑荒期間，保守估計死了200萬人[23]，且直到1966年、1967年文化大革命期間，仍有糧食短缺的跡象。[24]其中余怒的出生地安徽省安慶市，在1958年餐飲業被中斷肉食供應[25]，此時正是中國政府為了填補貿易赤字，而施行樽節政策勒緊褲腰帶的時候，由於對外貿易承諾沒有兌現（例如承諾向東德出口2,000噸冷凍家禽，卻只交付了三分之一的數量），因此國內的消費市場一切能夠被壓縮數量用來優先抵付出口外貿的產品都被盡可能地壓縮，包括肉類、食用油等物資的購買與販賣都遭到限制。[26]到了1966年文化大革命開始，也正是余怒出生於安慶的那一年，安慶市的餐飲業更是陷入了全面癱瘓停擺的狀態。[27]因此，余怒雖未親身體驗1958年到1962年間的大饑荒，但大饑荒的餘緒作為一種時代的傷痛，必然籠罩著余怒的成長歷程，及其周遭的人事物。

　　而緊接著大躍進造成的大饑荒之後，是1966年「橫掃一切牛鬼蛇神」的文化大革命，紅潮淹沒了整個社會，人們忙著應付接踵而來的階級鬥爭、上山下鄉，失去了在第一時間反省大躍進所造成的悲劇的機會。直到二十世紀初的現今，雖然出現了零星檢討的聲音，但僅止於人口統計數字的回顧，鮮少有人探究在數字背後，那些本人或家

---

[23]　丁抒，1991年，《人禍──「大躍進」與大饑荒》，香港：九十年代雜誌社，頁178。

[24]　1967年文化大革命期間，不同造反組織之間的武鬥升級，在安徽省的佛教聖地九華山下的青陽縣城，城內的紅衛兵被城外的數萬農民圍困，丁學良記載當時青陽縣城裡：「所有這些竄來竄去的人都在忙著同一件事──找吃的」。而1966年余怒出生於安徽省安慶市，安慶市距離青陽縣不過一百公里，可以推測當時物資匱乏程度應與青陽縣相去不遠。青陽縣相關資料徵引自丁學良，2013年，《革命與反革命追憶：從文革到重慶模式》，臺北市：聯經，頁82-83。

[25]　張健初，2005年，《皖省首府──老安慶》，合肥：黃山書社，頁231。

[26]　Frank Dikötter著，郭文儷、盧蜀萍、陳山譯，2012年，《毛澤東的大饑荒：1958-1962年的中國浩劫史》，頁97-99。

[27]　張健初，2005年，《皖省首府──老安慶》，頁231-232。

屬曾經是饑荒倖存者的心情。當德國將達豪（Dachau）集中營改建成紀念館，以紀念納粹屠殺猶太人的暴行時，中國並沒有為大躍進或大饑荒建造一座紀念館，甚至也沒有對饑荒倖存者實行任何補償的措施。在中共當局的統治之下，人們似乎仍舊避談大躍進所造成的大饑荒，在不得不提到時，就以「三年自然災害」一語帶過[28]。

　　詮釋者沒有「他心通」，故無從斷言作者意圖，但從〈飢餓之年〉這個詩題，我們可以推測作者是有意地針對某一特定時間段內與飢餓有關的事件進行反省。「飢餓之年」正是「饑荒」的轉譯。而詩中的甲蟲推動糞球，以糞為食的意象，更令人聯想到當人類遭逢饑荒之時，被饑餓感驅迫著去吃樹皮、啃草根、吃泥土[29]、吃糞、吃人等等行為時，人類與甲蟲又有何異？若連最基本的生存需求都無法滿足，更遑論道德。縱然秉持道德義務論的Kant疾呼：「道德律是神聖的（不可侵犯的）」[30]，而最終大躍進的結束也有賴於良心發現的彭懷德、劉少奇等人冒著官銜不保、被批被鬥的風險向毛澤東進諫諍言，但總的來說，大饑荒所暴露出的，仍是人性不斷下修的底限，而非人性道德面的展現。且徒具其名的道德，往往成為政治家愚民的工具。故古聖今賢所雅言的作為一種真理的道德，在余怒的詩中卻遭到這樣的質疑：「所有的真理，在這顆糞球面前都會失去它的邏輯

---

[28]　例如張健初提到安慶市在大躍進期間的餐飲業狀況便說：「兩家餐館開業第二年，就遭遇『三年自然災害』，肉食原料供應基本斷檔」。整本書的目的在於為安慶市的地理人文留下紀錄，雖然考量到若干政治因素，略過饑荒這類悲劇性史實可以理解，但全書涉及大躍進時期饑荒慘況的文字僅此一處，不免令人懷疑是否探討大饑荒是一種政治不正確的書寫，若著墨太多，可能無法通過官方的出版審查制度。張健初，《皖省首府──老安慶》，頁231。

[29]　根據紀載，四川省潼南縣的塘壩、三滙兩區，共有1600多戶人民公社的社員挖吃「觀音土」，吃完後大部分人發生頭痛、肚脹、大便乾結等症狀。此例容或只是當時全國饑荒慘況的冰山一角。相關資料徵引自羅平漢，2007年，《大鍋飯──公共食堂始末》，廣西：廣西人民出版社，頁183-184。

[30]　Immanuel Kant著，鄧曉芒譯，2004年，《實踐理性批判》，臺北市：聯經，頁99。

性，被它擊得粉碎。」且道德律不再先驗地內建於人性之中，相反地，是「胃決定我們的性格」。不過，〈飢餓之年〉終究並未完全否定道德存在的意義，充其量只是提出對道德的質疑。若從「自然法則和心中的道德律，像球和圓心，而我們不過是被發明出來的工具，如圓規。」這句詩來看，將〈猛獸〉中如同「糞堆」般的世界形塑爲「糞球」的動力來源，除了食慾之外，道德的力量也是不可或缺的。因此，「糞球」所象徵的含意即具有兩方面，一方面糞球的本質是可以充當甲蟲食物的糞便，故象徵著食欲之滿足；另一方面，糞球的圓形輪廓則是人類體現道德律的結果，猶如圓規體現出幾何原理，故能爲「糞堆」般混亂的生存情境建立起一個較爲清晰的輪廓，猶如爲生活建立起一種作息模式。

　　從〈猛獸〉的「糞堆」到〈飢餓之年〉的「糞球」，余怒的詩歌在強調獨創性之餘，兼且以一種迂迴隱晦的方式觸及時代的創傷。而表達創傷經驗的詩歌語言，則大多出於一種戲謔的口吻，乃至以「沒有糞球的世界是個快樂天堂」作爲這段詩句的總結。然而，糞球象徵著生存與道德的兩難，只要人類尚存在於世界上一天，生存與道德的兩難習題就不可能被消除，除非人類從世界滅絕。而詩中的說話者身爲一個人，卻希望能活在沒有「糞球」的快樂天堂，就等同於希望人類從世界上滅絕，構成了一種莫大的諷刺。而之所以必須將沉痛的創傷經驗出之以戲謔諷刺的文學語言，容或如余怒在另一首詩〈鬆弛〉所言：「對不起我是個廢物／但我的國家是清潔的，有它的難言之隱」[31]當一黨專政的集權體制拒絕反省荒謬政策爲人民帶來的巨大傷痛，甚至透過各種管道箝制打壓人民討論過去的歷史、力圖使人民遺忘這段往事，作爲受害者的人民就只能自認倒楣，因爲他們還是必須在這個對大躍進、大饑荒諱莫如深的國家裡繼續生活下去。[32]

---

[31] 余怒，《守夜人》，頁76。

[32] 劉正忠認爲：「環繞屎尿所建構出來的觀念與方法，基本上是一種反向詩學」，這種書寫方

由此觀之，余怒寫作的心態，庶幾近於《莊子·天下》所言：「以天下為沉濁，不可與莊語」[33]。莊子以謬悠荒唐無端崖之巵言、寓言講述妙道之行，譏刺孔子之後的儒者空談道德而不明道德的真義，豈不正如余怒以諧謔滑稽的詩語言，諷刺到處貼滿講求文明的標語但實際上卻文明淪喪的家國？

當人民作為政府犯罪[34]下的被害者，卻因為政府的介入，管控著歷史訊息的流佈，甚至使得人民連體認到自己是被害者的意識都付之闕如。在正常市場機制下，本應發揮監督政府效能的媒體是大眾的公器，但在中國，媒體卻淪為政府粉飾門面的「私器」[35]，過濾了

式「偏好處理令人厭惡的事物，利用畸零、醜怪、汙穢對規格化的世界進行攻擊，從而釋放了壓抑，並藉此聲明了邊緣者的權利」。劉正忠此說值得參考，但余怒詩歌中甲蟲推糞的意象，不僅僅是一種社會邊緣者反體制的象徵，不僅僅是為反而反。其更深層的含意甚至包括了為大饑荒紀實，反映時代悲劇的功能。雖然余怒在書寫時未必有所意識，但藉由詮釋者提供的閱讀角度，可以讓讀者發現詩人之詩作與其所處時代之間的互動關係，這也讓我們看見余怒詩歌有別於其他詩人的深度。參見劉正忠，2010年，《現代漢詩的魔怪書寫》，臺北：臺灣學生書局，頁356。

[33] 鍾泰注：「『莊語』，正言也」。參見鍾泰，1988年，《莊子發微》，上海：上海古籍出版社，頁789-791。

[34] 何謂政府犯罪（government）？簡言之，係指國家統治權所歸屬者，不論係其個人或政黨，對人民所為之犯罪行為；如在刑法法制史上，有「納粹政府」、「東德共和政府」、「哈珊政府」等各種不同政府之犯罪行為，因此類犯罪型態乃出於政府權力運作下的產物，故統稱之為「政府犯罪」。而在「政府犯罪」各個類型的被害者中，中共政權由於施行各項不當政策導致大躍進活動期間發生饑荒慘劇的情況，因饑荒而餓死的數千萬被害者即符合「受政府制定各種特別法下之被害者」類型。（筆者按：中共政府與前述各個政府同樣涉及政府犯罪，差別僅在於前述各個政府均已垮臺，而中共政府尚未丟掉執政權，且體制龐大不易撼動，故難以追究其過去所犯罪行。）此處資料悉徵引自張平吾，1996年，《被害者學》，桃園：中央警察大學，頁529-539。

[35] 中共當局制訂了不少凌駕於法律之上的宣傳紀律，用以管控傳媒。其中就有「《關於出版『文化大革命』圖書問題的若干規定》（1988年6月）規定：有關『文化大革命』的『辭典工具書』，以及『著作』、『回憶錄』、『傳記』、『紀實文學作品』等，『原則上不要再

絕大部分對中共執政當局不利的聲音。中共當局對過往大饑荒慘況的
沉默，既代表著既得利益者的沉默，同時也充分利用了受害者不願
提起過去所遭受到的恥辱的心理。這種沉默的共謀正在讓部分史實逐
漸遠離人們的記憶，也讓有心打破沉默的人不得不另覓管道，以別種
不容易受到控管的形式表達他們對歷史慘劇的反思。表達性藝術治療
學認為，創傷經驗的再回憶不僅是對過去歷史做出量化統計，也不僅
是以紀實性文字對過去進行總結，還可以運用個人的想像力對創傷
記憶進行再造，「創傷事件的想像性表達，可以到達一個比對『事
實』（fact）不虛偽的背誦有意義的更深層次」[36]。而早在古希臘，
Aristotle就認為，悲劇作為一種模仿人類行為的藝術形式，能夠「通
過引發憐憫和恐懼使這些情感得到淨化（katharsis）」[37]。返觀余怒
詩作，確實做到了以具有獨創性的藝術手法重塑歷史的創傷經驗，疏
導情緒，並使生存與道德互相傾軋的兩難習題顯題化，引領人們進一
步玩味其中深遠的教訓。

　　然而，身為打破沉默，道出歷史傷痛的詩歌創作者，其本身又是
以何種心態來進行詩歌創作呢？若處於情緒過於高漲的狀態下，詩歌
整體的走向勢必難以圓轉如意，容易受到情緒的牽動。因此，詩人在
寫詩之前，大多會有一番準備工夫，作為詩歌創作的前置作業，並延
伸至詩歌寫作的當下。在余怒所創作的〈詩學〉系列中，我們可以看
到他對進行詩歌創作當下心境的探討，將抽象的感受予以形象化。

　　安排出版」。參見何清漣，2006年，《霧鎖中國：中國大陸控制媒體策略大揭密》，臺北
　　市：黎明文化，頁102。

[36]　Paolo J. Knill、Ellen G. Levine、Stephen K. Levine著，許玉芳譯，2010年，《表達性藝術治
　　療：理論與實務》，臺北市：五南圖書出版股份有限公司，頁71。

[37]　Aristotle著，陳中梅譯註，2002年，《詩學》，北京：商務印書館，頁63。

三、從「糞球」到「水晶球」：時代傷痛的因應之方

　　收入詩集《主與客》的〈詩學〉系列諸作，共計56首，作者為之加上的編號從〈詩學(1)〉一直到〈詩學(74)〉，可見至少有18首〈詩學〉系列詩作未被收進詩集。因此，收入詩集中的〈詩學〉系列諸作顯然是作者經過精心篩選，自覺滿意且具有代表性的作品。〈詩學〉系列作品以一種「以詩論詩」的方式，談論自己的寫作態度、寫詩的甘苦及個中玄妙[38]，間或也表達出作者對時下流行的口語化詩風的不滿，偶爾調侃那些抱持著守舊詩觀的讀者與詩人[39]。其中，〈詩學(44)〉少見地從正面描繪出詩人從事詩歌創作時嚴肅專一的心境，請看：

　　　　望著桌上的水晶球我的臉映在裡面這時我想
　　　　——我凝聚於此。在它裡面，一切
　　　　將得到治癒。盡管這有點想當然和形而上。我穿上

---

[38] 例如，作者在詩中反駁了某些人認為「詩歌藝術應該要取悅讀者」這類的觀念，余怒認為詩歌更應該像一個提醒世人的警報器，讓詩歌讀者直面尷尬真實的生存處境，而非提供一種桃花源式的樂園想像，成為麻痺讀者心靈的精神鴉片，因此，他在詩中說道：「不可能有一種／從嘴巴到屁眼／讓你舒服的藝術。／我寫詩，純粹像／響尾蛇，響尾是本能。」（〈詩學(54)〉）。參見余怒，2014年，《主與客》，武漢：長江文藝出版社，頁169。

[39] 例如，作者在詩中調侃那些認為有所謂「正確的詩歌」的讀者。詩歌不能以邏輯或科學的標準來檢證衡量，但往往有評論者無視詩歌的模糊性，意圖豎立自己對詩歌評論的合法性標竿，成為一種學術權威以宰制大眾的閱讀口味，從余怒的角度來看，這當然是令人無法忍受的，因此，他在詩中這麼說道：「正確的詩屬於每一個／健康的人（或者，他自以為／如此），每一個熱愛／法律的囚犯，他想／通過詩來逃避懲罰。因為／詩的模糊，／無法定義：／一隻貓所做的大象的夢。」（〈詩學(38)〉）。參見余怒，2014年，《主與客》，頁159。

衣服，將水晶球揣進口袋，坐上電梯急速下滑。
路邊，昨晚的雪。我看見兩個孩子在爭奪一根
塑料吸管，吸管被扭成麻花，旁邊一個孩子一邊
叫喊一邊啃玉米，而玉米粒金黃。雪被
踐踏，濺到三個人的鞋上。我看了一會兒便
走了。我來到一座橋上，我看見一個年輕
女人望著江水，她戴著一頂紅色帽子。她長得像我認識的
一個女人。那是誰？誰呢？我一時想不起來。她望著江水，
而江水湍急。江面上沒有一艘船。我看了一會兒便
走了。她沒有看見我。我來到公交車站，從車上飄下來
一些陌生臉孔。撲面而來。我想起龐德的詩。而司機在
不停摁喇叭，我被驚醒時發現我在招手。做夢似的，緩緩招手。
我摸摸口袋，水晶球還在。我還暫時擁有它，這一切令人釋懷。[40]

〈詩學(44)〉

當視覺寓居於透明的球體之中，彷彿分散在各處的身心終於聚攏在一個中心點，詩中的水晶球可能象徵著一種圓滿完好的存在情態，亦有可能象徵著語言中價值的眞空狀態。注視著水晶球映出的臉彷彿能從其中得到某種療癒的能量。但作者並沒有停留在自我陶醉之中，反倒迅即來了一句自我批判。然後詩中的「我」以實際的行動打消自己的幻想，將水晶球放進口袋，收進自己的掌握之中，坐上下降的電梯——脫離形而上，回歸形而下。接著是兩段在塵世的遭遇，「我」看到了三個小孩和戴著紅帽子的女人，但「我看了一會兒便走了」，跟注視水晶球時的熱情相比，「我」在注視小孩和女人時顯得有些漫不經心。隨後「我」走到公車站，在車站的陌生臉孔有著各自

---

[40] 余怒，2014年，《主與客》，武漢：長江文藝，頁163。

的目的地，各自的想法，象徵著存在的分散。這樣的表現方式讓人聯想到龐德的〈在一個地鐵車站裡〉：「這些臉在人群中幻影般顯現；／濕漉漉的黑樹枝上花瓣數點。」[41]龐德賦予了車站人群的臉一個生動的意象，但余怒僅僅是用「飄下來」這個動詞暗示了〈詩學⑷〉與〈在一個地鐵車站裡〉兩個不同文本之間的內在聯結。而陌生臉孔自車上「飄下來」，喇叭聲驚醒了陷入白日夢的我，我「做夢似的」緩緩招手，均揭示了人在世上一種不由自主的生存處境。這時詩中的主人翁想起了自己懷揣的水晶球，並摸了摸水晶球，感知到透明球體的存在，方才寧定下來。余怒以「臉」為意象，在詩中對舉了兩種存在方式：一種是由凝視水晶球進而感到自我凝聚於此的臉，另一種是隨著生活的機遇如花瓣一般飄浮無定的臉。之所以詩中的我在結尾處摸到水晶球會覺得心安，實是因為水晶球以一種迂迴的方式介入詩中的「我」與「專注地看」中間，成為兩者互相關聯的隱喻。水晶球以其完滿的球體，堅硬的固態特性，為詩中的主角提供了一種象徵性的精神寄託。然而，若沒有一開始「望著水晶球」的動作，則之後的一切都不會發生。當水晶球映現出詩中主角的臉，詩中的我是在凝望著自己的凝望，由此雙重的凝望進入一種主客不分，透明無蔽的存在狀態。

　　事實上，在詩歌中間出現的那些日常生活景象，均是陪襯的背景，為了突顯出詩中人澄澈如水晶球般的心境。而詩中人雖然不斷地經過這些俗世風景，卻並未對這些生活現象流露出過於主觀的好惡情緒，只是一味地觀看和通過。讀者可能會問：這種透明無蔽的澄澈心境，為什麼是詩歌創作當下必備的態度呢？這就牽涉到了詩人寫作時，有沒有一種修養工夫作為寫作的準備，而這種修養工夫如何可能的問題[42]。早在六朝時期，劉勰就已於《文心雕龍·神思》中提出

---

[41]　朱乃長編譯，2009年，《英詩十三味》，臺北：書林，頁66。

[42]　根據林永勝之釐析，工夫論乃是宋明理學家為發明繼承孔孟的性命之學，欲建構一種修養身

寫作工夫論的雛形：「是以陶鈞文思，貴在虛靜，疏瀹五藏，澡雪精神」[43]。而達致虛靜的修養實踐，又往往與「身體感」有關，一方面，身體處於病痛折磨中的人，不容易克服生理的限制而凝聚心神達致寫作所需的專一心境；另一方面，必須藉由全副身心的投入方能凝聚心神，身心諧和是最低限度的必要條件，我們難以脫離身體而談精神的昇化。而這種身心諧和，內外一如的修養工夫觀，為詩歌寫作帶來的不只是起碼的專注，可能也會增進詩人五感之間的聯結，使得詩人在運使文字時能夠觸類旁通，不為既有的語言規則所限。錢鍾書先生即曾稱這種視、聽、味、嗅、觸五種感官知覺互相位移、融合的藝術創作現象為通感或聯覺。而對「凝聚心神→通感／聯覺」之間關係的探討，並非僅在文學的範圍，其重要性亦被哲學領域所注意到，甚至較文學給予聯覺的定義更進一步，例如楊儒賓在解讀《莊子》學說時嘗言：

> 「凝」是莊子技藝哲學的關鍵字，只有全身的能量凝聚
> 於定點後，全身才可轉化成透明無阻的感應體。形氣
> 主體和身體主體這兩種身體概念都可以提供類似聯覺
> （synesthesia）的功能，此種「聯覺」不是與五官並立的

心的方法，以與佛道兩家相抗衡。如「靜坐」、「觀喜怒哀樂未發前氣象」等，皆為理學工夫論。而宋明理學的本體論與工夫論之間實具有互相建構的關係，意即對本體的體悟可以自工夫上的實踐得來。然中國哲學亦不止宋明理學獨倡工夫論，道家《莊子》亦有所提及，如「心齋」即是，只是《莊子》反對人為造作，故工夫論之積極面未顯，乍看上去頗為消極，然實際上是一種無為無不為之謂也。本文以為此中尚有諸多問題亟待探究，然已超出本文討論的範圍，故從略。今借用「工夫論」的概念來顯示余怒詩歌中亦透露出某種修養觀的存在，然其意涵並非理學家之工夫論，特註明於此。理學工夫論的介紹詳參林永勝：〈中文學界有關理學工夫論之研究現況〉，收入楊儒賓、祝平次編，2008年，《儒學的氣論與工夫論》，上海：華東師範大學出版社，頁232-264。

[43] 劉勰著，王更生選注，1994年，《文心雕龍選讀》，臺北市：巨流圖書公司，頁168。

一種綜合感覺，而是貫穿各種感覺的一種系統。聯覺不
離眼、耳、鼻、舌、身的總和，它有各感官總和之外的
盈餘功能，身體本身就是聯覺的系統。[44]

雖然科學不一定能夠有效地檢證這種「整體大於部分之總和」的身心
狀態，但中國哲學的心性論早已為吾人指點出一個方向，可供說明詩
人在寫作時身心感通的狀態。莊子所揭示的「外化而內不化」[45]的修
養境界，也正是余怒的詩歌無意間流露的身心體驗。水晶球內部的澄
澈透明，正是身心高度專注所凝聚而成的不化的精神核心，而水晶球
的圓形輪廓正象徵著應物無方的處世態度。透過水晶球所看到的世
界，可以是一種不帶有絲毫價值判斷意味的存在，世界在光風霽月的
心境中湛然呈現出世界本身。在〈詩學〉系列的其他作品中，作者亦
嘗試著表現出一己所體悟的世界本然面貌，如〈詩學(11)〉：

　　　將杯子中的果汁往順時針方向攪幾下，看到
　　　一個漩渦，而後往逆時針方向攪幾下，擊破
　　　這個漩渦，這樣就會出現無數個
　　　自顧自旋轉的小漩渦

---

[44]　楊儒賓，2016年，《儒門內的莊子》，臺北市：聯經，頁186-187。

[45]　《莊子・知北游》：「仲尼曰：『古之人，外化而內不化；今之人，內化而外不化』」。鍾
　　　泰註：「言外化而必言內不化者，外化所以順物，內不化者，靈明以為之主也。若夫失其靈
　　　明，則逐物而遷，將迎之心起，於物反昧其輕重本末之序，以為順物，而實與物之本則相
　　　違，如人每盛言客觀，而卒則師心自用者，其病大率由此，故又反而戒之曰『今之人內化而
　　　外不化』也。由是論之，則必有一不化者在，而後可與物化。夫化與不化，相對待者也。若
　　　進而推其本，則體用一源，理絕對待，何有化與不化之名！」循此而知，本文將水晶球定義
　　　為「不化的精神核心」，不化之義已非一般與化對立之不化，而是超越相對的化與不化，所
　　　達致的辯證的不化。鍾泰，1988年，《莊子發微》，上海：上海古籍出版社，頁510-511。

我們先來談談這些迷人的漩渦，再來

談談世界。對於一臉淫笑的老闆娘將一頭跳到桌子上，突然插入到你

我之間咪咪叫的黑貓稱之為「一個正在由裡向外膨脹的純主觀個

體」

你怎麼看？[46]

〈詩學⑾〉

杯中果汁的漩渦之所以會產生，乃是因為人為的力量使然。從詩中人
的視角望出去，在製造漩渦之初，其攪拌方向尚有順時針與逆時針
的分別，但當逆時針的攪拌擊破了順時針的攪拌所製造出的漩渦，產
生眾多小漩渦的時候，這時詩中人不去分辨這些小漩渦是左旋或右
旋，而統名之曰「自顧自旋轉」。從看似漫不經心的以數詞「一」與
量詞「個」來稱呼漩渦，既然有「一」，就有相對於「一」的多，故
是一種相對性的描述；而當詩中人要將「一個漩渦」予以擊破時，即
以指示代詞「這」來稱呼漩渦，由於詩中人將要對漩渦採取動作，故
無法再以相對性的描述將漩渦客觀化，相反地，是要透過逆時針攪拌
的「擊破」，將客觀化的漩渦拉回主觀的意識之下，因此使用了一
種絕對的描述，稱之為「這個漩渦」。之所以「這個漩渦」是絕對
的，不會有「那個漩渦」的出現使之變成相對，蓋詩中人眼前除了
「這個漩渦」以外，沒有其他的漩渦，故能透過絕對的描述將漩渦予
以主觀化。

然而，雖然以指示代詞「這」化解了「一」與「非一」，由相對
性的描述進入絕對性的描述，但「一個漩渦」與「這個漩渦」之間終
究有客觀與主觀的分別，於是，下文「這樣就會出現無數個／自顧
自旋轉的小漩渦」就成為化解主客觀對立的關鍵。其中尤以「無數
個」最為重要。若依照詩歌給予的場景，漩渦之出現是由於詩中人攪

46　余怒，《主與客》，頁136。

拌杯中的果汁，而杯子乃是一有限的空間，在有限的空間裡如何能夠容納無數個漩渦呢？若循此而觀，則以上詩句就成為一弔詭。而詩中人並未將小漩渦之「小」給定一個衡量標準，若說「小漩渦」之「小」是相對於前面剛剛成形的「一個漩渦」而言，讀者也無法了解究竟「小漩渦」「小」到了什麼程度，故判斷漩渦大小與否的標準，全繫於詩中人主觀的判定。

但若將「無數個」與「小漩渦」之「小」合而觀之，容或能夠對詩句產生不同的解讀。既然詩歌沒有說明詩中人判定「小漩渦」之所以「小」的標準，顯然是將此判斷的決定權交付予讀者，則讀者亦可以認定「小漩渦」之「小」乃是「無窮小」。如此，即能呼應前文「無數個」的概念。「無數個」是數量上的無限，「無窮小」則是質量上的無限。吾人能夠假設在一有限的空間裡，充斥著「無窮小」的「無數個」物態，此屬於形上學（metaphysics）的想像。因此，自顧自旋轉的小漩渦不再是透過杯中果汁作為介質而呈現的漩渦，而是形上的漩渦。這些形上的漩渦乃是「自顧自旋轉」，《說文》云：顧者還視也，自顧即反觀己身。透過將漩渦擬人化，使得讀者難以分辨其旋轉的方向。

然而，無所謂方向的旋轉尚得謂之旋轉嗎？容或所謂「自顧自」的旋轉，指的不是沒有方向的旋轉，而是詩中人不去分辨漩渦旋轉的方向。詩中人只是單純地與漩渦照面，漩渦只是單純在其自己的旋轉。在這一刻，沒有成心知見插入詩中人與漩渦之間，詩中人無須去分辨漩渦左旋或右旋，這些「自顧自旋轉的小漩渦」乃是詩人心境不隨外在俗世的價值標準而遷移的象徵，同時也是在此不帶成見的心境中，所觀察到的世界本來樣貌。雖然下文作者亂以他語，以「一臉淫笑的老闆娘」和「黑貓」的現實情境，將讀者從想像中拉回生活世界，但這只是作者提醒讀者返照己心，不要拘泥於文字的「所知

障」而慣用的筆法[47]，全詩的重點仍然落在自顧自旋轉的小漩渦所呈現出的純粹完滿的當下。

　　而為什麼「水晶球」與「自顧自旋轉的小漩渦」所透露的修養觀與純然專一的心境，有可能是余怒寫作詩歌的基礎態度呢？這必須回到本文第一節所談的，余怒置身其中的歷史背景。中國在中共一黨專政的統治之下，從大躍進、文化大革命時期的毛語錄、樣板戲、宣傳口號、革命歌曲，一直到當代大陸大街小巷隨處可見的標語與對出版、網路等傳媒的言論控管，形成了一個被政治語言滲染浸透的紅色語境。政府的觸手以各種形式深入庶民生活，無時無刻不在影響、左右著人民對當前政治情況及過往歷史事實的是非判斷，同時也將許多歷史慘劇壓下檯面。而詩人既然有意要為歷史發聲，就勢必會碰觸到類似大饑荒時期生存與道德互相傾軋的兩難習題，隨著兩難習題的顯題化，各種不同的聲音也會隨之浮現，包括指責政府當時的荒唐政策、憐憫大饑荒時期的餓亡者，甚至是抱怨蒼天無眼，使無辜的百姓遭此橫禍。

　　余怒可謂漂浮於一片十三億人的聲音交織而成的意見的海洋裡，在這些令人目不暇給的意見變幻之中，若要尋找到一種獨創性的詩歌語言，來為過往的歷史慘劇發聲，則余怒首要面臨的，即是如何立定腳跟，不在群眾的意見中隨波逐流的問題。而「水晶球」與「小漩渦」的意象，就透露出詩人專注當下，一心不亂的寫作心境，也唯有

---

[47] 類似的寫作手法在另一首〈牙疼時〉也出現過，如「情緒混亂時讀莊子。讀後／馬上擺脫他。你來給我拔牙」，擺脫《莊子》猶如擺脫牙疼，需將其如同蛀牙一般連根拔除，看似對《莊子》學說抱持反對的態度，但實際上，這種遮撥語正是對《莊子・齊物論》所云：「夫道未始有封，言未始有常，為是而有畛也」的有力回應。大道原本沒有界限之分，語言原本亦沒有給定的標準，只因世人為了以「是」去定義特定的事物，因此產生了種種規範侷限。因此，余怒詩歌實亦深體莊子得意忘言，得魚忘筌之旨。〈牙疼時〉並未收入詩集，參見「詩生活」網站的余怒個人專欄「界限」。網址：http://www.poemlife.com/showart-73125-1277.htm。（2017/12/24）

如此，方能屏除雜訊，以凝鍊的詩歌語言將湮埋於歷史中的兩難習題顯題化，並提供一種不將不迎、勝物無傷的兩難情境因應之方。因此，「水晶球」與「小漩渦」所透露的修養工夫的意涵，同時包括了將兩難習題顯題化的方法，與詩人因應兩難習題的基本態度。

四、結論

本文第一節首先從對余怒的〈猛獸〉詩句的詮釋出發，發現「甲蟲推糞」可能具有的四重涵義，及其映照出的歷史背景，並循此銜接上作者另一首長詩〈飢餓之年〉中「屎殼郎推糞球」的意象，從「糞堆」到「糞球」，作為余怒成長背景的大饑荒歷史，所遺留下來的兩難性情境獲得照明與顯化。

第二節則通過大躍進、大饑荒時期的史料疏理，試圖在某種程度上還原當時的歷史面貌，並且指出在錯誤政策之下，國家機器對於人民所犯下的殘暴罪行。以及成長於斯的余怒，在詩中所透露出的時代之傷的痕跡。

第三節再從作者的〈詩學〉系列諸作搜尋線索，從「糞球」到「水晶球」，探究余怒如何立足當下，回溯既往，面對生存與道德孰輕孰重的兩難習題，以及適應時代傷痛的方式。繼而發現「水晶球」、「小漩渦」等意象，不僅是專心致志的寫作心境呈現，也不僅是將兩難習題顯題化的方法，更帶有《莊子》學的意味，向讀者提示了面對兩難習題，如何能夠應物無方、勝物無傷的因應之方。

余怒詩歌中與圓相關的意象，像在是與非之間擺盪的鐘擺，看似迴避做出價值判斷，但已隱含有控訴過往歷史傷痛的意味。除此之外，筆者還想進一步指出，余怒如同「輪扁斲輪」般擅於使用圓形意象來推進詩歌節奏，其對於語言的獨到觸感部分是源自「身體圖

式」[48]，而不完全屬於理性分析的智思。果爾如是，就會衍生出余怒詩歌的動力來源如何成形的問題，即詩人的身體在詩歌創作過程中扮演著什麼角色，詩歌風格與身體知覺又具有怎樣的關聯。然礙於篇幅所限，本文無法詳細說明，只能留待另文探討。

引用書目

丁抒，1991年，《人禍──「大躍進」與大饑荒》，香港：九十年代雜誌社。

丁學良，2013年，《革命與反革命追憶：從文革到重慶模式》，臺北市：聯經出版社。

于堅，2008年1月，〈余怒：反對水泡〉，收入《大象詩志（卷二）》，安徽：大象詩社。

朱乃長編譯，2009年，《英詩十三味》，臺北：書林出版社。

余怒，2014年，《主與客》，武漢：長江文藝出版社。

余怒，1999年，《守夜人》，臺北市：唐山出版社。

余怒，2004年，《余怒詩選集》，北京：華文出版社。

余怒，《飢餓之年》，未公開出版。

何清漣，2006年，《霧鎖中國：中國大陸控制媒體策略大揭密》（臺北市：黎明文化）。

依娃，2013年，《尋找大饑荒倖存者》，香港：明鏡出版社。

---

[48] 「身體圖式」是法國現象學家梅洛龐蒂所提出的概念，根據姜丹丹的整理，「身體圖式」是「意識所不能控制的空間情境投射的根基所在，位於想像活動的源起之處；而通過身體的感應與想像的活動經驗，自我與他者之間產生分享交流的可能」。依據筆者的理解，身體圖式是一種處境，即在特定環境狀態下的身體，與在特定身體狀態下的環境，彼此互相轉化，乃至主客交融的一種前判斷、前反思的身體空間型態。姜丹丹的看法請見姜丹丹：〈身體、想像與催眠──畢來德與莊子的思想對話〉，收入何乏筆編，2017年，《若莊子說法語》，臺北市：臺大人社高研院東亞儒學研究中心，頁106。

林永勝，2008年，〈中文學界有關理學工夫論之研究現況〉，收入楊儒賓、祝平次編：《儒學的氣論與工夫論》，上海：華東師範大學出版社。

姜丹丹，2017年，〈身體、想像與催眠——畢來德與莊子的思想對話〉，收入何乏筆編：《若莊子說法語》，臺北市：臺大人社高研院東亞儒學研究中心。

倪梁康，1999年，《胡塞爾現象學概念通釋》，北京：三聯書店。

許慎著，段玉裁注，2002年，《圈點說文解字》，臺北市：萬卷樓。

張健初，2005年，《皖省首府——老安慶》，合肥：黃山書社。

張平吾，1996年，《被害者學》，桃園：中央警察大學。

楊儒賓，2016年，《儒門內的莊子》，臺北市：聯經出版社。

陳克敏，2002年，《糞金龜的世界》，臺北市：貓頭鷹出版社。

劉正忠，2010年，《現代漢詩的魔怪書寫》，臺北：臺灣學生書局。

劉勰著，王更生選注，1994年，《文心雕龍選讀》，臺北市：巨流圖書公司。

鍾泰，1988年，《莊子發微》，上海：上海古籍出版社。

羅平漢，2007年，《大鍋飯——公共食堂始末》，廣西：廣西人民出版社。

帕瑪著，嚴平譯，1992年，《詮釋學》，臺北市：桂冠。

Aristotle著，陳中梅譯註，2002年，《詩學》，北京：商務印書館。

Frank Dikötter著，郭文襄、盧蜀萍、陳山譯，2012年，《毛澤東的大饑荒：1958-1962年的中國浩劫史》，新北市：印刻文學。

Immanuel Kant著，鄧曉芒譯，2004年，《實踐理性批判》，臺北市：聯經出版社。

Martin Heidegger著，王慶節、陳嘉映譯，1998年，《存在與時間》，臺北市：桂冠圖書股份有限公司。

Martin Heidegger著，孫周興譯，2015年，《林中路》，上海：上海

譯文出版社。

Paolo J. Knill、Ellen G. Levine、Stephen K. Levine著，許玉芳譯，
　　2010年，《表達性藝術治療：理論與實務》，臺北市：五南圖
　　書出版股份有限公司。

網路資料

「詩生活」余怒專欄「界限」：〈牙疼時〉。網址：http://www.po-
　　emlife.com/showart-73125-1277.htm。（2017/12/24）

「詩生活」余怒專欄「界限」：〈飢餓之年〉。網址：http://www.
　　poemlife.com/showart-60447-1277.htm。（2017/12/24）

維基百科「白癜風」。網址：https://zh.wikipedia.org/wiki/%E7%99
　　%BD%E7%99%9C%E9%A3%8E （2017/12/24）

附　錄

歷年總目

第1期【兩岸詩學專號】

第2期【臺灣當代十大詩人專號】

第3期【學院詩人專號】

第4期【兩岸女性詩人專號】

第5期【新世代詩人專號】

第6期【臺灣詩史專號】

第7期【向陽詩作研究專輯】

【一般論文】

第8期

第11期

《當代詩學》論文撰寫體例

壹、中文部分

一 各章節使用符號，依一、㈠、1、⑴……等順序表示。

二 請用新式標點，唯書名號用《》，篇名號用〈〉，書名和篇名連用時，省略篇名號，如《晉書・文苑傳》，除破折號、刪節號各占兩格外，其餘標點符號各占一格。

三 獨立引文，每行低三格。

四 註釋號碼請用阿拉伯數字標示，如1.2.3.……，置於標點符號之後。

　　註釋文字則置於每頁下方，以細黑線與正文分開。

五 文後須另列引用書目，分「傳統文獻」和「近人論著」兩部分，「傳統文獻」以時代排序，「近人論著」以作者姓氏筆畫排序，外文著述以作者姓氏字母排序，同一作者有兩本（篇）以上著作時，則依著作出版先後排列。

六 來稿請附中英文摘要各五百字以內、中英文關鍵詞三至五個。

七 注釋及引用書目之體例，請依下列格式撰寫：

　㈠引用專書：

　　張穆，1980年，《顧亭林先生年譜》，臺北：臺灣商務印書館，頁18。

　㈡引用論文：

　　1. 期刊論文：孫京榮，2000年3月，〈論查慎行的遊黔詩〉，《貴州社會科學》第三期，頁76-80。

　　2. 論文集論文：余英時，1976年9月，〈清代思想史的一個新解釋〉，《歷史與思想》，臺北：聯經出版事業公司，頁121-156。

　　3. 學位論文：彭衍綸，2005年，《中國望夫傳說研究》，

　　　臺北：政治大學中國文學研究所博士論文，頁466。
　㈢引用古籍：
　　　1.古籍原刻本：宋‧司馬光，約西元十二世紀，《資治通
　　　　鑑》，南宋鄂州覆北宋刊龍爪本，卷二，頁2上。
　　　2.古籍影印本：明‧郝敬，1969年，《尚書辨解》，臺
　　　　北：藝文印書館，百部叢書集成影印湖北叢書本，卷
　　　　三，頁2上。
　㈣引用報紙：齊邦媛，1983年8月25日，〈七月流火祭魯
　　　芹〉，《聯合報》副刊。
　㈤再次徵引：
　　　1.再次徵引時可用簡單方式處理，如：
　　　　⑴林衡道，1990年6月，〈臺灣的民間傳說〉，《漢學
　　　　　研究》第八卷第一期，頁665。
　　　　⑵同前註。
　　　　⑶同前註，頁669。
　　　2.如果再次徵引的註，不接續，可用下列方式表示：
　　　　⑴同註1，頁670。

貳、外文部分
　一.引用專書：
　　Edwin O. James, (1957) *Prehistoric Religion: A Study in
　　Prehistoric Archaeology*（史前宗教：史前考古學的研
　　究）.London: Thames and Hudson. p.18.
　二.引用論文：
　　㈠期刊
　　Richard Rudolph (1965). "The Minatory Crossbowman in
　　Early Chinese Tombs,"（中國早期墓葬的強弩使用者）*Ar-
　　chives of the Chinese Art Society of America*, 19. pp.8-15.

㈡論文集

E.G. Pulleyblank (1983), "The Chinese and their Neighbors in Prehistoric and Early HistoricTimes," （史前與早期歷史的中國人與其四鄰） in David N. Keightley,ed., *The Origins of Chinese Civilization.* Berkeley: University of California Press. pp.460-463.

㈢學位論文

Edwin O. James (1957). *Prehistoric Religion: A Study in Prehistoric Archaeology*（史前宗教：史前考古學的研究）. Cambridge: Harvard University Ph. D. dissertation，○○○先生指導，p.18.

㈣學術討論會

Edward L.Shanghnessy (1985). "Historical Perspectives on the Introduction of Chariot into China," （車子傳入中國的歷史回顧） paper presented to the ?th Conference of the American Historical Association, New York.

Note

國家圖書館出版品預行編目資料

當代詩學. 第十二期／陳謙主編. －－初版.
－－臺北市：五南, 2017.12
　面；　公分
年刊
ISBN 978-957-11-9569-8 (平裝)

1.新詩　2.期刊

821.05　　　　　　　　　　107000151

1X6U　學術專著

當代詩學（第十二期）
岩上詩論詩作專輯

作　　　者－ 國立臺北教育大學語文與創作學系主辦　陳謙主編
執行主編－ 陳謙
編務管理－ 吳亭慧
發 行 人－ 楊榮川
總 經 理－ 楊士清
副總編輯－ 黃惠娟
責任編輯－ 蔡佳伶　簡妙如
校　　對－ 簡妙如
編輯委員－ （依姓氏筆劃排列）
　　　　　　丁威仁(清華大學)　　　　王文仁(虎尾科技大學)
　　　　　　吳懷晨(臺北藝術大學)　　李癸雲(清華大學)
　　　　　　余欣娟(臺北市立大學)　　李瑞騰(中央大學)
　　　　　　李翠瑛(元智大學)　　　　阮美慧(東海大學)
　　　　　　林于弘(臺北教育大學)　　林淇瀁(臺北教育大學)
　　　　　　張春榮(臺北教育大學)　　張國治(臺灣藝術大學)
　　　　　　陳俊榮(臺北教育大學)　　陳文成(臺北教育大學)
　　　　　　陳政彥(嘉義大學)　　　　陳義芝(臺灣師範大學)
　　　　　　傅怡禎(臺東專校)　　　　須文蔚(東華大學)
　　　　　　楊宗翰(淡江大學)　　　　解昆樺(中興大學)
　　　　　　劉正忠(臺灣大學)　　　　劉正偉(臺北大學)
　　　　　　蕭水順(明道大學)　　　　簡文志(佛光大學)
　　　　　　顧蕙倩(銘傳大學)
封面設計－ 姚孝慈　謝瑩君
主　　　辦－ 國立臺北教育大學《當代詩學》編輯委員會
地　　　址：10671臺北市大安區和平東路二段134號語創系辦公室
電　　　話：(02)2 732 732-1104轉62234
傳　　　真：(02)2 378 378-8790
電子信箱：ritl@tea.ntue.edu.tw
出 版 者－ 五南圖書出版股份有限公司
地　　　址：106台北市大安區和平東路二段339號4樓
電　　　話：(02)2705-5066　　傳　　　真：(02)2706-6100
網　　　址：http://www.wunan.com.tw
電子郵件：wunan@wunan.com.tw
劃撥帳號：01068953
戶　　　名：五南圖書出版股份有限公司
法律顧問　林勝安律師事務所　林勝安律師
出版日期　2017年12月初版一刷
定　　　價　新臺幣320元